Friedrich Kuschel

...als wäre alles gestern gewesen
Kriegserinnerungen

Satz & Gestaltung: Bleibsatz
Schrifttype Garamond
Druck und Bindung: Libri Books on Demand
ISBN 3-8311-0467-0
Printed in Germany

Alte Erinnerungen sind da,
als wäre alles erst gestern gewesen.

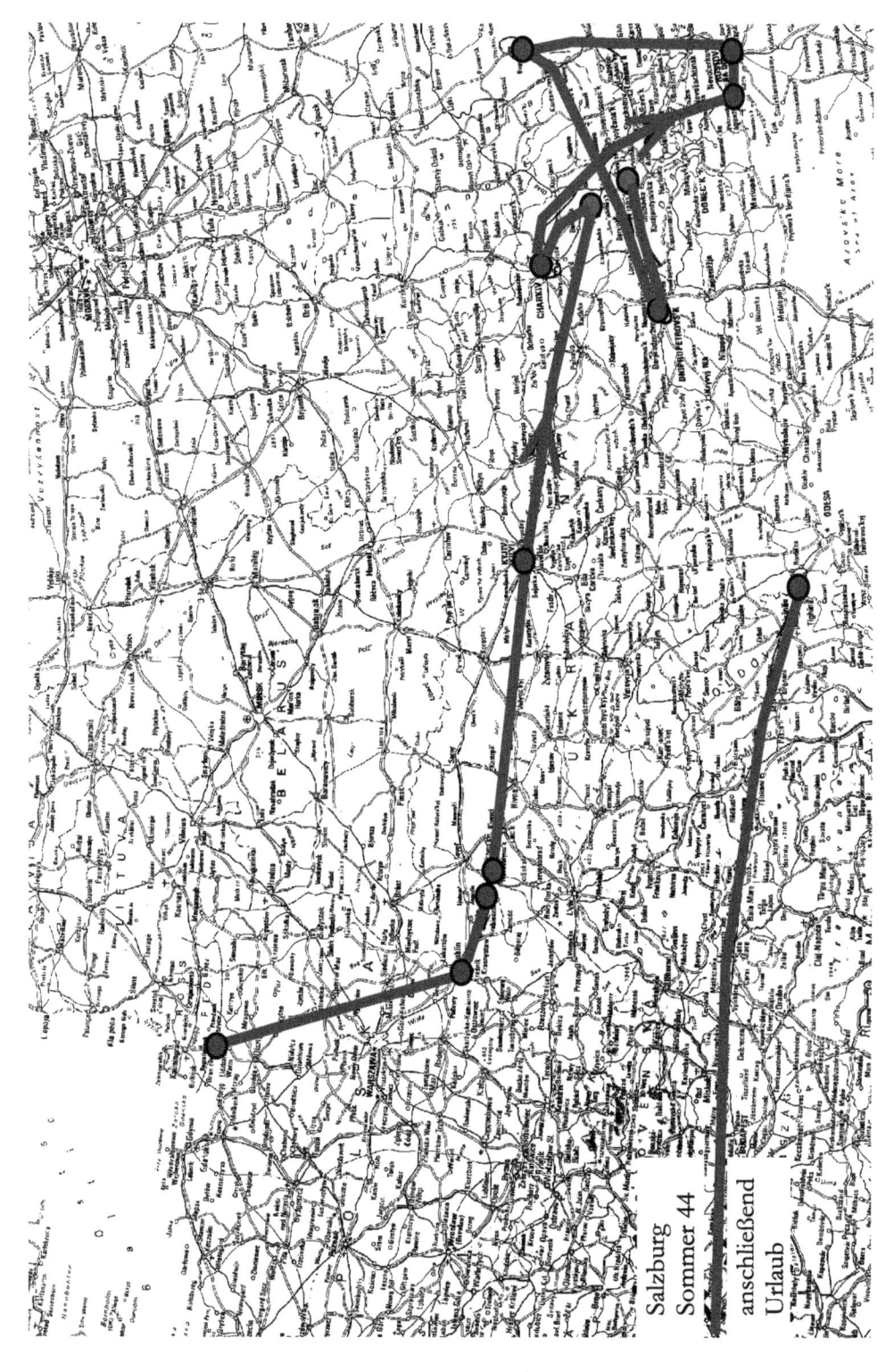

Salzburg
Sommer 44
anschließend
Urlaub

Vorwort

Wir haben den 19. November 1961, Volkstrauertag in Stadtlohn. Der Suchdienst des Deutschen Roten Kreuzes rief alle ehemaligen Soldaten auf, die Schicksale der 1,2 Millionen vermißten Kameraden klären zu helfen. Ich sitze im Rathaus mit dem Buch der Vermißten vom Grenadierregiment 525. Draußen am Kriegerdenkmal ist Gefallenenehrung. Gedämpft ertönt das Lied vom guten Kameraden. Auf Seite drei stehen die Vermißten der 13. Kompanie: Schaffrat Walter, geb. 5.6.23, vermißt in Rumänien im August 44. Er war ein pfiffiger Junge. Schubert Karl, geb. 13.12.21 in Kornfelde. Das war doch der Zimmermann. Unteroffizier Teuber Fritz, geb. 20.2.14, vermißt in Rumänien im August 44. Henschel Josef, der machte Melder zu Fuß, geb. 6.3.13 in Waldenburg, vermißt am Donbogen im Dezember 42. Kasparek Josef aus Seitenberg, geb. am 1.8.13, blieb in Rumänien im August 44. Lakner Robert, das war der große, gemütliche Österreicher, war O.A. geb. 27.4.21, blieb im Januar 42. Remane Heinz geb. 22.5.21, der kräftige Hufschmied, den jeder kannte, er blieb zurück im Dezember 42. Und wo sind die anderen geblieben?

Hunger, Kälte Gefahr und Todesangst hatten Kameradschaften zusammengeschweißt, die den Krieg überdauern sollten. Alte Erinnerungen sind da, als wäre alles erst gestern gewesen. Ich versuche es alles aufzuschreiben. Vielleicht gibt es mal genug Bücher, aber jeder hat eben sein eigenes Schicksal erlebt. Bespannte Truppen werden wahrscheinlich in Zukunft von motorisierten abgelöst, deshalb kommen gelegentlich einige Erlebnisse mit den treuen Vierbeinern.

Und jetzt im Jahre 1985 schreibe ich alles noch einmal ab. Als Rentner kann ich gelegentlich etwas ausführlicher berichten. Insbesondere auch meine Erlebnisse mit den treuen Vierbeinern.

Aufgewachsen
unter Pferden

An Sylvester 1919 wurde ich auf den Namen Friedrich-Wilhelm Kuschel getauft. Als achtes Kind in der Familie war das keine Sensation, aber der erste Weltkrieg war vorbei und das war schon ein Grund zum Feiern. Unser Patenonkel Klar Fritz nahm meinem 15-jährigen Bruder Paul die Zügel aus der Hand und fuhr im schneidigen Trab auf den Hof. Und das mit dem blinden Handpferd, das der Vater von Zigeunern eingehandelt hatte. Er hatte den fünfjährigen Wallach gegen eine zwölfjährige Fuchsstute getauscht. Auf dem Weg der Tugend wandelt keiner, der mit Pferden handelt. Das alte Sprichwort sollte sich einmal mehr bewahrheiten. Denn am anderen Tag merkte er, daß ihn die Halunken auf der Wiese vorgeführt hatten. Auf der Straße lahmte er. Das Loch im Huf hatten sie mit Wachs zugeschmiert und mit Schuhcreme poliert. Hufkrebs war ein Mangel, der beim Kauf nicht verschwiegen werden durfte.

Beim Handel mit Pferden mußten verdeckte Mängel genannt werden, sonst konnte das Geschäft rückgängig gemacht werden. Weitere Mängel waren zum Beispiel fehlende Zugfestigkeit, ungenügende Straßensicherheit, was bei den damals ungewohnten Autos wichtig war, Schlagen, Beißen, Leinefangen, Koller, Druse, Krippensetzen und andere. Besonders bei Zigeunern war immer Vorsicht geboten. Sie erwarben billige alte Mähren beim Roßschlächter, feilten ihnen die langen Zähne ab, um sie jünger aussehen zu lassen. Es soll vorgekommen sein, daß sie einem Pferd Bleikügelchen ins Ohr steckten. Das Tier spielte verrückt und wurde am anderen Tag von den zufällig Vorbeikommenden billig gekauft. Pferdemärkte waren beliebt und mancher fand etwas Passendes für seinen Bedarf. Kleine Händler spielten oft Vermittler. Über die Zeitung kamen oft genug Verkäufe in den Ställen zustande. Mit diesem Kuh-, oder Pferdehandel, hatten junge Burschen oft die Absicht, die jungen Mädchen kennen zu lernen.

In unserem Fall waren die Zigeuner nach dem guten Tausch längst über alle Berge. Einige Dörfer weiter erwischte Vater sie noch. Der Fuchs war nicht mehr da. Das beste Pferd unter den mageren Gäulen war noch dieser blinde Schimmel. Vater kannte ihn. Er stammte aus der Ufermühle aus der Stadt und war als Zweijähriger zu zeitig angespannt worden.

Es kam öfters vor, daß Fohlen Augenleiden bis zum Erblinden davontrugen, wenn sie zu früh schwer arbeiten mußten. Den blinden Schimmel kannte ich nicht persönlich. Vater wußte nur Gutes über ihn. Er hatte meistens die Ohren nach hinten gespitzt und verließ sich auf die Zurufe des Kutschers. Er orientierte sich am Geruch und Gehör und wußte genau, wenn er über die Brücke zum Molkenbach ging, daß es bis zum Abbiegen in die Hofeinfahrt noch 20 Meter waren.

Besser in Erinnerung ist mir Pudel, eine kastanienbraune Stute mit Stern und Schnippe. Mit Entsetzen hatte mich Mutter entdeckt, wie ich als zweijähriger zwischen ihren Hinterbeinen gespielt hatte. Der Vater hatte sie billig aus Heeresbeständen ersteigert, weil sie noch jung war. Er war aber mit dem dürren verlausten Klepper erst abends nach Hause gefahren, um sich nicht zu blamieren. Bei der guten Pflege war ein Jahr später daraus ein stattliches Roß geworden. Nur mußte sie in jeder Arbeitspause ausgeträngt werden, weil sie mit den Fesseln der Hinterbeine zu scheuern begann. Vater meinte, sie hat in dem Kriegswinter Erfrierungen davongetragen. Ein zweiter Fehler war, daß sie leicht Kolik bekam. Gelegentlich streifte sie über Nacht die Halfter über die Ohren, machte geschickt den Futterkasten auf und fraß sich von dem Hafer satt. Damit war die nächste Verdauungsstörung fällig. Sie wurde im Schritt bewegt, bis die Darmtätigkeit normal war, öfters

10

über eine Stunde. Pudel war wie alle belgischen Kaltblüter kupiert und konnte die lästigen Quälgeister nicht selber vertreiben. So mußten wir Kinder an heißen Tagen mit Zweigen die Fliegen und Bremsen beim Heu- oder Getreideaufladen vertreiben.

Mit sechs Jahren durfte ich das erste mal mit den Eltern in die sieben Kilometer entfernte Stadt Habelschwerdt fahren. Am Abend vorher half ich eifrig mit, die Messingteile an Kumet und Halfter blank zu putzen. Bis zur Kirche und Eltner Mühle war ich schon gewesen. Auch da wollte die Liese hin, ebenso zum Schubert Schmied, wo sie gelegentlich neuen Hufbeschlag erhielt. Beim Fleischer wollte sie nicht so gerne vorbei, blähte die Nüstern auf und bog auf die andere Straßenseite. Aber Vater hatte die Zügel sicher in der Hand. Unterwegs zeigte mir die Mutter alle Sehenswürdigkeiten. Das große Wehr an der Möbelfabrik, wo das Wasser der Wölfel für den Mühlgraben gespeichert wurde, rechts das Hedwighäusel, wo ein pensionierter Beamter schöne Gartenzwerge in den Blumenbeeten stehen hatte. Der Exner Seiler war mit seinem Gesellen auf dem Damm an der Wölfel und drehte Seile.

Am Gasthaus „Zum Schlössel" unterhielten sich die Eltern was nicht für meine Ohren bestimmt war. Dort war im Winter der Besitzer vom Dach gestürzt. Es wurde erzählt, als vor vielen Jahren der mächtige zweite Stock umgebaut wurde, hätten unterm alten Backofen Menschenknochen gelegen. Ein früherer Besitzer sollte Fuhrleute, die dort übernachteten umgebracht und ausgeraubt haben. Seitdem ruhe ein Fluch auf dem Haus.

Drüben kam ein Zug aus Richtung Mittelwalde, ich konnte schon die 12 Wagen abzählen. Am Röhrrand spannten Langholzfuhrwerker um. Bis hierher waren sie zweispännig gefahren, den Berg hoch wurde vierspännig gerückt. Am Bahnhof gab es viel zu sehen. Vorne wurden Kälber und Schweine verladen, weiter hinten standen Pferdefuhrwerke, um Kohle und Kalk auszuladen. Der Vater stellte erst seine Taschenuhr nach der großen Bahnhofsuhr, denn die Bahn hatte immer genaue Zeit. Im Grünen Baum wurde ausgespannt. Im Gaststall der Gaststätte standen schon einige Pferde, die erst gemustert wurden.

Mit Mutter besuchte ich erst die Menatante. Sie wohnte unterm Dach in einem großen Haus neben der Kirche. Das Geld, das ihr der Vater als Lehrer hinterlassen hatte, war durch die Inflation verloren gegangen. Sie freute sich über unsere Mitbringe, eine Taube und drei Eier. An Vaters Hand kam ich in den Uhrmacherladen, wo es an allen Wänden tickte. Beim Eisen Teiber kaufte er zwei Kuhketten und eine Sense. Beim Fleischer, wo er noch Geld zu kriegen hatte, tranken wir in der Speisestube eine Tasse wohlschmeckende Fleischbrühe. Für die Daheimgebliebenen kaufte er noch einen Kranz Knoblauchwurst. Nachdem auch beim Zahnarzt die Rechnung bezahlt und alles erledigt war, trank Vater noch einen Korn im Grünen Baum. Mutter und ich bekamen Himbeersaft. Jetzt sollte ich dem Haushälter sagen, daß er die Liese einspannen soll. Der war in seiner Kutscherstube neben dem Stall. Er setzte mich erst mal an den warmen Ofen, daß ich die Füße wärmen sollte. Neben dem Ofen stand ein kleiner Tisch, ein Schrank und sein Bett. An der Wand hingen neue Peitschen mit bunten Quasten, Halfter mit wunderbaren Messingbeschlägen und Hanfstricke, die er gelegentlich an Gäste verkaufte. Es war alles so gemütlich und roch nach frischem Leder. Es war schon dunkel, als wir aus der Stadt beim „Blauen Hirsch" hoch fuhren. Oben auf dem Berg drehte sich Mutter nochmal um und zeigte mir die vielen Lichter der Stadt. Obwohl es 1926 noch kein Neonlicht gab, war es ein unvergessenes Erlebnis.

Die Motorisierung war nicht mehr aufzuhalten und verdrängte die Zugtiere. Obwohl kräftig geschimpft wurde auf die stinkigen Krachmacher. Die Pferde scheuten und manche mußten am Kopf gehalten und beruhigt werden. Die Hühner, die immer bei Gefahr in Richtung Stall liefen kamen unter die Räder. Bei den für damalige Verhältnisse hohen Geschwindigkeiten von 35 Stundenkilometern wurden die Straßen kaputtgefahren. Die Staubwolken verdreckten die Fenster und das Gras. Gänse, Katzen und Hunde wurden totgefahren. Selbst die Menschen waren gefährdet. Die ersten Verkehrsopfer waren Kinder und Betrunkene. Aber noch waren die Gespanne Herren der Straße. Die schweren Langholzfuhren blieben auf der Mitte und störten sich nicht um das „Teff Teff" der Benzinkutschen und ließen diese weder rechts noch links vorbei. Fuhrknechte waren nicht gerade höflich und hatten immer die Peitsche griffbereit. 1934 kam eine neue Verkehrsordnung: rechts fahren, links überholen. Der gestrenge Gendarm kassierte sogar von Radfahrern eine Reichsmark, wenn die sich nicht von den ausgefahrenen Bahnen trennen wollten. Die ersten brauchbaren Akkerschlepper waren die schweren Land-Bulldozer für Großbetriebe, die nur auf dem Acker gefahren werden konnten wegen den Eisenrädern mit Spitzen. Ein Bauer im Dorf hatte einen Benzolmotor auf Räder gebaut und konnte damit flach pflügen. Er war ein Spinner. 1937 besichtigten wir von der landwirtschaftlichen Schule einen Bauern in Grafenort, der die zwei Pferde durch einen Traktor ersetzt hatte. Bei der Rentabilitätsberechnung kam heraus, daß er zwar eine zusätzliche Arbeitskraft für die angehängten Geräte wie Grasmäher oder Pflug brauchte, dafür aber an Futterkosten einsparte.

Niemand wollte die Entwicklung der Motorisierung rückgängig machen. Zugmaschinen sind leistungsfähiger und leichter zu bedienen. Autos sind schnell, warm und bequem, aber es ist gefühllose Massenware, die über Leichen geht. Pferde hatten sozusagen Familienanschluß. Auf den Familienbildern, die manche bei der Vertreibung retten konnten, sind neben dem treuen Hofhund mit Sicherheit die zwei Pferde zu sehen. Eine Bauernhochzeit ohne geschmückte Kutschen war undenkbar. Bei Umzügen zum Erntedank, Kinderfest oder Vereinsjubiläum ergänzten schöne Gespanne immer das Bild. Bei der Vesperpause auf dem Feld waren die Tiere dabei.

Jedes Pferd hatte einen anderen Charakter und mußte anders behandelt werden. Selbst die Rappen vor dem Leichenwagen waren sich ihrer Würde bewußt und ließen sich auch nicht durch Fahnen und Trauermärsche aus der Ruhe bringen.

Die Rotschimmel vom Bierwagen waren zugleich Reklame für die Brauer. Sie kannten jede Kneipe, die zu beliefern war. Auch wenn der Kutscher, der von Berufs wegen gut getrunken hatte, den Rückweg antrat, fanden sie immer den Weg nach Hause. Größere Bauern, die es sich leisten konnten, stellten Paßgespanne zusammen. Dabei mußte nicht nur die Farbe, sonder auch das Temperament zusammen passen. Von weitem erkannte man wessen Gespann auf der Straße fuhr. War das Gespann vom Doktor vorbeigefahren, wurde gerätselt, wer da wohl krank ist. Waren es die gängigen Pferde vom Pfarrhof, mußte wohl jemand im Sterben liegen. Eigensinnig war der Ponnihengst von Hunde-Hötzel. Hunde-Hötzel handelte mit Ziegen, Kaninchen, Kälbern und Hunden. Begegnete der Hengst auf der Straße einem Haufen Pferdeäpfel, blieb er unweigerlich stehen, beschnüffelte sie ausgiebig und setzte dann gemütlich seinen Trab fort.

Manchmal fuhren junge Burschen aus der Stadt mit einem abgemagerten alten Fuchs nach Wölfelsgrund. Sie schlugen viel auf das arme Tier ein. Das Kumet war zu groß, so daß der Gaul ständig Schmerzen haben mußte. Auch die Hofpferde waren mager und mußten viel leisten auf den großen Feldern. Besser hatten es die beiden Kutschpferde, nur das Traben auf fester Straße machte ihre Knochen steif. Deshalb wurden die Rösser zur Abwechslung vor die Egge gespannt. Auf dem losen Acker im Schritt wurden die Gelenke wieder locker. Eine mühsame Arbeit für Mensch und Tier war das Holzabfahren aus dem Gebirge. Holzfuhrleute hatten soviel Verschleiß an Pferden, daß sie nicht in die Versicherung aufgenommen wurden. Die Pferdeversicherung war ein eingetragener Verein auf Gegenseitigkeit im Dorfe. Die Verwaltung machten Vertrauenspersonen ehrenamtlich. Beitrag wurde deshalb nicht erhoben. Bei einem Schadensfall wurde der Wert des betreffenden Pferdes auf alle Mitglieder umgelegt. Verluste gab es machmal bei Fohlen, oder im Winter durch Kreuzverschlag, Kolik oder Knochenbruch bei Glatteis. In strengen Wintern wurde der Schneepflug mit Pferden sechsspännig gefahren. Bei meterhohen Verwehungen war nur mit der Schippe was zu machen. Bei einer schönen Bahn machte das Schlittenfahren Spaß. Auf jedem Bauernhof wurden diese leichtgängigen Fahrzeuge hervorgeholt. Da gab es von den Handschlitten über die einteiligen bis zweiteiligen Lastschlepper und Kutschschlitten zwei-, vier- und sechssitzige Schlittenfahrzeuge. Eingepackt in warme Schafspelze und Filz oder strohgeflochtene Stiefel machte die Kälte nichts aus. Weil die Schlitten so leicht und lautlos dahinglitten, war es Vorschrift, daß die Pferde Glocken trugen. An Kutschgeschirren war manchmal ein herrlich abgestimmtes Geläute angebracht. Das klang an windstillen Tagen weit durch die klare Gebirgsluft. Eine ganze Kette mit Rodelschlitten machte uns Kindern besonders Spaß. Ein zuverlässiges Pferd war dazu schon erforderlich. In der kurvenreichen Dorfstraße kamen die letzten ganz schön ins Schleudern. Die Pferde mußten sowieso bewegt werden. Das heißt vor Weihnachten wurden die Gäule noch zum Dreschen gebraucht.

Als nach 1930 Elektromotoren aufkamen, gab es, meist von den Älteren erheblichen Widerstand. Es wurde von ihnen angeführt, daß die Pferde im Winter im Stall stünden und umsonst gefüttert werden müßten. Die Technik ließ sich nicht aufhalten. Auch die Sperlinge und Krähen haben es überlebt, auch wenn sie nicht mehr aus dem warmen Mist den unverdauten Hafer picken konnten.

Der Pater, der jedes Jahr einmal fürs Kloster sammeln ging, bekam meistens einen Scheffel Roggen. Dafür sagte er Vergelt's Gott und wir Kinder bekamen ein Heiligenbildchen. Beim Nachbarn Lux, wo er übernachtete, hatte der pfiffige Großvater den Enkeln den Rat gegeben, dem Fuchs des Pfarrers Pfeffer unter den Schwanz zu blasen. Das ließen die sich nicht zweimal sagen. Franz hob den Schwanz, Paul hielt die Zeitung und Alois pustete. Der Pater wunderte sich über das unerwartete Temperament seines Pferdes, wie es mit dem Schwanze drehte und zu galoppieren begann.

Die Rekrutenzeit

Ende Mai 1940 brachte der Briefträger meine Einberufung zur Wehrmacht. Die Eltern machten sich Sorgen um den dritten Sohn, der die Uniform tragen sollte. Hatten sie doch selber den schrecklichen ersten Weltkrieg miterlebt. Reklamieren dagegen war zwecklos. Mein Bruder Ernst, im Polenfeldzug schwer verwundet, sollte als A.V. arbeitsverwendungsfähig entlassen werden. Außerdem vermittelte das Arbeitsamt polnische Arbeitskräfte. Wir bekamen einen 18-jährigen Jungen. Freiwillig hatte der sich nicht gemeldet, also hatte er anfangs viel Heimweh, trotz gutem Zureden. Auch ich war davon nicht gerade begeistert, aber eine Hilfe auf dem Hof konnten wir jetzt gut gebrauchen. Polen war besiegt, in Frankreich ging es voran. Jedermann glaubte, daß der Krieg bald zu Ende sei. Außerdem hatte es durchaus Vorzüge, Soldat zu sein. Wer Soldat war hatte Disziplin, Gehorsam und Selbstbewußtsein gelernt, war sportlich durchtrainiert und war in der schmukken Uniform bei den Mädchen beliebt. Sicherlich sitzt in einem Zwanzigjährigen immer auch etwas Abenteuerlust.

Die Grundausbildung beim Grenadier-Ersatzbataillion 183 in Glatz war gar nicht die körperliche Belastung, wie es oft von Angebern geschildert wurde. Nur der unbedingte Gehorsam und manchmal sinnlose Schikanen beim Appell, das war schwer zu verdauen. Nach vier Wochen Schliff hatten wir soviel Haltung und Grüßen gelernt, daß

der erste Ausgang in die Stadt genehmigt wurde. Nach acht Wochen gab es den ersten Sonntagsurlaub nach Hause. Die Kasernen am Schäferberg waren neu gebaut. Der Exerzierplatz bestand aus drei Bauernhöfen aus Niederhansdorf. Draußen im freien Gelände war es immer interessanter, wo man nicht so unter Kontrolle stand, wie im Kasernenbereich. Einmal war unsere Gruppe bei Tarnübungen und Vorarbeiten. Da suchte der Zugführer einen Freiwilligen, der im angrenzenden Rübenfeld die Kaffeekanne der dort arbeitenden Mädchen wegholen sollte. Tatsächlich brachte es ein Oberschlesier fertig, unbemerkt die Kanne zu holen. Wir tranken sie gemeinsam aus und er robbte wieder ungesehen mit der leeren Kanne, schwitzend zurück. Trotz mancher Schinderei, gab es gelegentlich was zum Lachen. Wir hatten Nachtübungen und Gewaltmärsche hinter uns, konnten das M.G. 34 auseinander nehmen, Schloß- und Laufwechsel konnten wir im Schlaf. Nach vier Monaten war Besichtigung von einem General. Dann wurden die ersten Leute feldmarschmäßig ausgerüstet und zu Feldtruppenteilen abgestellt.

Auch der Futtermeister brauchte Nachwuchs. Die Vierte besaß 65 Pferde. Sonntagsmorgen mußten Grenadiere der M.G.- und Granatwerferzüge beim Stalldienst helfen. Bei den 12 Auserwählten war also auch der Grenadier Kuschel. Manch einer schimpfte und wollte lieber zu einer motorisierten Einheit, wo es weniger Arbeit und keine Märsche gab. Die gute Seite war, daß wir noch zwei bis drei Monate in der schönen Grafschaft Glatz bleiben konnten.

Im Stall war alles sauber. An den weißgekalkten Wänden standen Sprüche wie „Das Glück der Erde liegt auf dem Rücken der Pferde oder „Von schönen Frauen edlen Pferden". Blitzsauber hing hinter jedem Stand Geschirr, Sattel und Zaumzeug. Über der Krippe war eine Tafel mit Namen und Alter des jeweiligen Pferdes. Das war wichtig, um die Tiere anzureden. Wurde zur Futterzeit die Karre mit Häcksel und Hafer über die Stallgasse gezogen, begann ein Spektakel, Stampfen, Wiehern, Beißen und Schlagen gegen die Flankierbäume. Der Futtermeister wertete das als gesundes Zeichen der Freßlust. Ins Schwitzen kam manch einer am frühen Morgen beim Putzen. Das Fell wurde mit der Kartätsche ausgebürstet, der Staub auf der Striegel abgestreift und schachbrettartig auf die feuchte Stallgasse geklopft. Augen, Nüstern und After wurden mit einem feuchten Lappen, die Hufe mit einem Stäbchen gesäubert.

Die Reitausbildung begann mit Freiübungen und Gymnastik. Dann auf dem Pferd von rechts oder links aufsitzen. Die Drillichjacke aus- und anziehen, Mütze hochwerfen, vor oder hinter dem Sattel sitzen, über den Kopf absitzen, die Schere vorwärts und rückwärts und im Sattel stehen. Schwieriger wurden diese Übungen im Schritt und später im Trab ohne Bügel mit den Händen in der Hüfte über kleine Hindernisse springen und laut rufen, ich habe keine Angst. Sporen bekamen wir Anfänger nicht, auch keine Peitsche. Wir mußten mit Schenkeldruck und Gewichtsverlagerung dirigieren. Das wußten die erfahrenen Gäule und setzten manchmal ihren Willen durch. Weil der Futtermeister jedoch ein netter Mensch war, macht uns diese Ausbildung noch etwas Spaß.

Etwas mulmig wurde es mir, als die Unteroffiziere zum Scharfschießen auf die Schießstände ritten und ich als einer von den Rekruten als Pferdehalter begleiten mußte. Ich durfte mir zwar als Erster die Sporen holen, aber im Gelände ließen die kein Hindernis aus. Ältere Kameraden geben den Tipp: „Laß dem Zirkel die Zügel und halte dich fest, dann springt er über Gräben, Hecken und nimmt auch den Steilhang.

Auf dem Schießstand war der Dienst für diejenigen, die die Anforderungen beim Schießen erfüllten, meistens ruhig. Fehlende Ringe auf der Zielscheibe mußten jedoch mit Kniebeugen bei vorgehaltenem Gewehr und frommen Sprüchen nachgeholt werden. Außerdem hatten diejenigen am Nachmittag frei, die richtig getroffen hatten. Die anderen mußten nachexerzieren. Die Unteroffiziere hatten einen Kasten Bier dabei und schossen nebenbei Wetten aus, zum Beispiel mit einer Streichholzschachtel auf dem Korn oder ähnlichem.

Einmal begegnete uns früh vor Sonnenaufgang ein Hinrichtungskommando mit dem Erschossenen im Sarg auf dem Wagen. Wer für was zum Tode verurteilt wurde kam in keine Zeitung.

Ohne Beulen und blaue Flecke kam bei der Ausbildung kaum einer weg. An einem Freitag, auf der offenen Reitbahn fing die rassige Fuchsstute Attrappe an zu keilen. Die Folge war, daß mein Nebenmann einen Bluterguß im Knie bekam, sein Zwerg vorne rechts lahmte und ich das Blut im Stiefel fühlte. Unter der Dusche sahen wir die Bescherung, eine klaffende Wunde am Schienbein. Weil ich aber einen Urlaubsschein für Sonntag hatte, wurde der Schmerz verbissen. Auch am Montag nach einem Urlaub traute niemand sich krank zu melden. Dienstag hatte sich die Wunde zur Knochenhautentzündung verschlimmert. Für die erforderliche Operation wurde ich ins Lazarett eingewiesen. Von den fünf Mann auf dem Krankenzimmer war einer schweigsam. Er hatte vor der Einberufung seinen Hof aufgeräumt, dabei war ihm ein Pflug auf den Fuß gefallen. Wahrscheinlich bekam er noch einen Prozeß wegen Selbstverstümmelung. Die anderen waren übermütig und nur krank und artig, wenn der gestrenge Chefarzt Dr. Futter zur Visite kam. Einen Abend vor der Entlassung lieferten wir uns eine Kopfkissenschlacht. Dabei stieß ich mit dem Schienbein gegen die eiserne Bettkante, daß das Blut durch den Verband sickerte. Mit Herzklopfen erwarteten wir die Visite am nächsten Morgen. Gott sei dank kam der Chef nicht selber und der Stabsarzt konnte es sich anfangs nicht erklären, wie man sich so an einem Klodeckel stoßen kann. Die Entlassung wurde um acht Tage verschoben auf den 23.12.1940. Auf dem Entlassungsschein stand zehn Tage Genesungsurlaub. Das bedeutete Weihnachten daheim. Glück muß man haben.

In einem Zimmer vom Reservelazarett in Glatz lagen Festungsgefangene. Die armen Kerle hatten anscheinend viele Unfälle beim Arbeitseinsatz im Steinbruch. Ihre Verbrechen waren Fahnenflucht, Meu-

terei und ähnliches. Hier bekamen sie ganz normale Behandlung ohne
Zigaretten und Alkohol. Die Behandlungsmethoden in dem Festung-
Gefängnis waren sehr streng und Zeugen gab es hinter den dicken
Mauern nicht.

Die ersten Einsätze in Polen

Mitte Januar 1941 bekamen wir mit drei Mann den Marschbefehl zur 13. Kompanie Regiment 525 bei der 298. Division. Die lagen bei Lemberg. Über Breslau und Oberschlesien fuhren wir mit dem Personenzug. Dann gab es einen Tag Aufenthalt wegen Schneeverwehungen. Schließlich war die Kleinbahn wieder einsatzfähig. In dem ein Meter fünfzig breiten Wagen war rechts und links eine vollbesetzte Bank. An der Decke schaukelte eine Petroleumlaterne und ein eisernes Öfchen strahlte behagliche Wärme aus. Obwohl ich außer dem Lachen kein Wort polnisch verstand ging es recht lustig zu. Saßen wir im Schnee fest, dann schob der Lokführer zurück, hing die zwei Wägelchen ab und machte sich mit Volldampf unter Funkenregen erst mal freie Bahn. Am nächsten Morgen marschierten wir weiter und mieteten uns einen Bauern mit zwei flotten Pferden. Bei der Kompanie wurden wir aufgeteilt. Die beiden Kameraden kamen zum vierten schweren Zug und ich zum zweiten. Es war ein Schlitten da, der Verpflegung und Post holte. Mit ihm fuhren wir über Hügel und verschneite Felder zum Ziel. Die 30 Mann waren in einer Schule untergebracht. Der Zugführer, Feldwebel Hötzel und ein Unteroffizier hatten ein Zimmer beim Pfarrer nebenan. Die 20 Pferde waren in drei strohgedeckten Scheunen untergestellt. Da der Boden mangels Einstreu meistens naß war und die Pferde von den Gewaltmärschen in Frankreich gezeichnet waren, hatten die meisten Strahlfäule und Mauke. Die beiden Muniti-

23

onswagen und die beiden sieben ein halb Zentimeter Geschütze wurden vierspännig vom Sattel gefahren. Erwin Krein übergab mir am nächsten Morgen seine Stangenpferde vom ersten Geschütz. Norbert der Stattliche war ein großer hellbrauner Wallach, ein Pinzgauer, wie er in Österreich zum Holz fahren gebraucht wird. Er begrüßte mich ziemlich unfreundlich. Erwin riet mir, ihn ruhig aber energisch anzufassen und vorsichtig zu sein, denn er könne beißen und schlagen. Am besten solle ich jeden Morgen ein Stückchen Brot oder Rübe mitbringen, denn Norbert reagiere auf diese Zuwendungen zutraulich. Hannibal der Hantige, ein Rotfuchs war gutmütig, aber etwas dampfig. Da hieß es aufpassen wegen Erkältungen. Nebenan standen Erwins Vorderpferde, zwei kräftige Füchse. Udo der Hantige war lammfromm. Über Napoleon hing ein Schild mit der Aufschrift „Vorsicht Schläger und Beißer". Der war gegen seine Artgenossen friedlich, ließ sich sogar das Futter wegfressen, war aber unberechenbar. Beim Putzen wurde er immer kurz angebunden. Abmisten und Einstreuen durfte nur von der Seite erfolgen. Er hatte schon Leute lazarettreif geschlagen. Auf Leckerbissen hin zeigte er keinen freudigen Gemütsausbruch sondern trug seine Ohren zur Seite. Irgendwie war der geistesgestört. Zugfest waren sie alle vier. Wir sechs Kameraden sollten also in Zukunft zusammenarbeiten.

Neben dem Pfarrhaus ragte die massive Kirche weit über die strohgedeckten Bauernhäuser. Werktags war sie verschlossen und sonntags kamen die Leute von ringsherum zum Gottesdienst. Der große Platz stand voll Pferdeschlitten. Bei den nächtlichen Patrouillegängen zwischen den Ställen führte der Weg an der einsamen Kirche vorbei. Lebendig wurde es, wenn Boidol, unser Koch, mal Knochen hingeworfen hatte und die Hunde sich darum balgten. Die Polen lebten anspruchslos, aber fette Hunde gab es in jedem Häuschen. Boidol war Bäcker von Beruf und versuchte von dem, was ihm zur Verfügung stand ein schmackhaftes Essen herzustellen, was nicht immer möglich war. Ein Gefreiter, der jeden Tag auf den Fraß schimpfte, mußte zur Strafe einen Tag lang kochen. Danach hat er sich nie mehr beschwert.

Um Abwechslung auf die Speisekarte zu bringen, wurde für Sloti ein Schwein gekauft. Es war auf einem großen Gut im nächsten Ort bestellt. Unteroffizier Kaiser und Schmidt sollten es abholen. Ich mußte fahren. Die Leute waren in einer langen Scheune bei Drescharbeiten. Bald ließ sich der Chef, es war ein junger Graf, blicken. Er klopfte lässig mit der Reitpeitsche auf die gewichsten Stiefel. Wie die meisten Adeligen sprach er gut deutsch. Zunächst bewunderten wir seine temperamentvollen Pferde. Unter den Fohlen war eine dreijährige Schimmelstute, die sich vor Übermut im Schnee wälzte. Dieser elegante Apfelschimmel war sein Stolz.

Die Knechte fesselten das 80kg schwere Schwein und legten es auf den Schlitten. Dann wurden wir ins Herrenhaus eingeladen und mit Brot, Wurst und Wodka bewirtet. Der Chef aß mit uns. Weil es aber Freitag war, aß er keine Wurst. Es war alles geräumig und luxuriös eingerichtet. Dicke Teppiche und Jagdtrophäen zierten die Wände. Da fiel mir der krasse soziale Unterschied in Polen auf. Frohgestimmt verabschiedeten wir uns. Trotz Schneegestöber fanden Norbert und Hannibal den Heimweg im finstern. Bei dem flotten Trab über die Schneewehen hatten wir den Braten verloren. Einige hundert Meter zurück lag er quiekend in der Spur.

In dem Dorfe gab es auch einen Sklep, das ist ein Kaufmann. Sein Angebot, das im Regal der Wohnstube zu sehen war, reichte über Hosenknöpfe, Zwirn und Salz kaum hinaus. Die Menschen hier waren friedlich. Wir hatten wenig Kontakt bis auf ein paar Oberschlesier, die polnisch sprachen. Durch sie erfuhren wir von der Quelle für selbstgebrannten Wodka und Bienenhonig, die nur zu Wucherpreisen zu haben waren. Ansonsten gab es kaum Gelegenheit zum Geld ausgeben.

Im Februar kam der Marschbefehl für die Kompanie nach Ostpreußen. Paul Passon, der polnisch konnte und ich sollten Leute bestellen, um den Weg freizuschaufeln. Aus jedem Haus sollte einer antreten. Paul meinte, erst nehmen wir den Mündungsschoner vom Karabiner, damit sie denken wir hätten geladen und mehr Respekt haben. Doch die meisten hatten Entschuldigungen. Einer hatte keine Schaufel, der andere keine Stiefel, der Dritte war krank usw.

Nach einem Tagesmarsch wurde auf die Eisenbahn verladen. Das ruhigste Tier wurde zuerst in den Waggon geführt und die anderen sofort hinterher. Trotzdem weigerten sich manche ängstlichen Reitpferde. Dann ging es rückwärts, oder mit einer Decke über dem Kopf ein paarmal im Kreise gedreht und mit Schwung hinein. Auf jeder Seite standen vier Pferde mit den Köpfen zur Mitte wo wir vier Fahrer schliefen. Norbert mit seinem langen Hals fraß uns über Nacht das Heu unterm Hintern weg.

Wenn der Zug mal hielt, mußten wir Wasser, Heu und Hafer holen und einer schnappte sich die Kochgeschirre für unsere Verpflegung.

Wir erreichten das kleines Städtchen Stablak bei Preuß. Eylau. Der Kasernenkomplex und eine Munitionsfabrik waren auf einem großen Gutsgelände neu angelegt worden. Zuerst wurden die Ställe eingerichtet. Am nächsten Tag war schon Waffenappell. Auf den feuchten Böden der Viehwaggons war nicht nur das Zaumzeug beschlagen, auch die Karabiner waren angerostet. Diese Todsünde wurde mit Nachappell bestraft. Der schlechte Futterzustand der Gäule war angeblich auf schlechte Pflege zurückzuführen. Das bedeutete noch mehr Dienst. Weil mit Torf eingestreut wurde, konnten sich die Viecher nicht mal an Stroh satt fressen.

Täglich übten wir im Gelände. Manchmal übernahm ein fremder Offizier das Kommando und wir übten im Verband mit Infanterie, Artillerie und Pionieren. Es wurde viel verlangt von Mensch und Tier. Steilhänge und Wasserläufe durften bei Matsch und Regenwetter kein Hindernis sein. Daß immer nur Angriff geübt wurde, war verdächtig. Es schwirrten Parolen herum, als sollte es nochmal gegen Osten gehen.

Feldwebel Hötzel hatte sich auf 12 Jahre verpflichtet. Als Berufssoldat nahm er alles ernst und ließ gelegentlich seine Launen spielen. Einmal verteilte er seine vier Viererzüge in alle Richtungen im hügeligen Gelände. Jedem hatte er einen berittenen Wegerkunder zugeteilt. Vom höchstgelegenen trigonometrischen Punkt aus gab er das Startzeichen. Wer als erster bei ihm war bekam eine Schachtel Juno-Zigaretten. Solchen Anforderungen war Hannibal nicht gewachsen. Er kam zum Troß und ich bekam den Kantor, einen schmalen langbeinigen braunen Wallach. Nebenbei liefen in der Halle Reitkurse für Unteroffiziere und Mannschaften. Wir waren oft wütend, wenn unsere Pferde genommen wurden. Ein Zugpferd muß ruhig anfahren und Hindernisse überklettern können. Ein Reitpferd soll aus dem Stand galoppieren und Hindernisse überspringen. Saßen noch gefühllose Reiter im Sattel, waren die Tiere schnell verdorben.

Jetzt wo die 136 Pferde in einem Stall standen, lernten wir die anderen kennen. Paul Passon fuhr zwei kurzgedrungenen stämmige Braune als Vordergespann vom zweiten Geschütz. Bubi war fromm, auch Liese unterm Sattel war zuverlässig, jedoch auch als Schläger bekannt. Bei der ersten Stallwache zeigte es mir ein Kamerad, indem er seitwärts mit der Schaufel ihren Schwanz berührte. Sofort schlug sie nach hinten, wieherte und pißte, daß der Torf meterweit geschleudert wurde. Rochus, das Reitpferd vom Entfernungsmesser Unteroffizier Schmidt war ein Krippensetzer. Er setzte das Maul auf die Krippe und mit einer Art rülpsen schluckte er Luft. Er hatte die Zähne abgewetzt und hatte immer einen dicken Bauch voll Luft. Ansonsten war er mager und fiel bei jedem Appell auf. Paulus, ein schwerer Rotschimmel vom dritten Zug war futterneidisch. Er schlug zur Futterzeit um sich, legte die Ohren an und riß angriffslustig das Maul auf. Wer ängstlich war kam nicht heran. Gar nicht beachten war da angebracht. Der Fuchswallach Eijacks schlug unverhofft mit dem Kopf hoch, wovon mancher Reiter ein blutendes Kinn bekam. Eine Schimmelstute war dermaßen nervös, daß sie immer trampelte, wenn ein Mensch in ihre Nähe kam. Auch der Pfleger, den sie kannte, mußte in Kauf nehmen, daß sie beim Putzen unruhig war. Einmal nach Mitternacht lösten wir die Stallwache ab. Da saß Paul Passon ruhig auf dem Flankierbaum. Eine volle Stunde hatte er dagesessen und geglaubt, das Tier gewöhnt sich an ihn und beruhigt sich. Aber es war vergeblich. Die Schimmelstute war naßgeschwitzt vor Angst. Andrücker wurden nie an die Wand gestellt. In der Schmiede wollte ein Hufschmied einem solchen die Sache austreiben, indem er eine Dreikantfeile neben sich an die Wand hielt. Der Gaul drückte sich die Spitze zwischen die Rippen. Der Schmied bekam dafür drei Tage Arrest. Die ruhigsten, zuverlässigsten Fahrer bekamen die größten Übeltäter. Die meisten von ihnen waren die besten Arbeitstiere. Ein Unteroffizier und Berittführer hatte bei Napoleon am Geschirrstand wohl etwas seitwärts den Woilach geradegezogen. Der Fuchs zerschlug ihm den Unterkiefer.

Als der Schnee schmolz, kam um die Ställe viel Stroh und Dreck zum Vorschein. Es sollte gereinigt werden, doch woher die Leute nehmen bei dem vielen Dienst. Der Spieß wußte es. Beim Stiefelappell fielen 90 Prozent auf und mußten zur Strafe nach Feierabend den Hof reinigen.

Der 30. Januar, die Machtergreifung Hitlers, wurde auf dem Kasernengelände mit einer Truppenparade gefeiert. Ein Zug für den Vorbeimarsch am General wurde zusammengestellt. Von den zehn Mann unserer Kompanie war ich dabei. Tagelang vorher übte mit uns ein großer Leutnant den Achtungsmarsch. Es war ein sauberer Dienst bei einem vernünftigen Menschen. Wir konnten verschliessene Stiefel, Feldbluse und Hosen auf der Bekleidungskammer tauschen. Aber statt der schneidigen Kapelle krächzte nur ein Lautsprecher.

Im Städtchen Stablak war nach Dienstschluß nichts los. Wohl gab es im drei Kilometer entfernten Birkenkrug sonntags Tanz. Um die paar Mädchen gab es einmal eine Klopperei. Am Montag schrieb der Arzt vier Mann innendienstfähig. Sie mußten gemeinsam in der Küche Kartoffeln schälen. Der Pionier mit dem angerissenen Ohr, der Artillerist mit gebrochenem Finger, der Infanterist mit blauem Auge und lahmem Bein. Noch übermütiger waren die Unteroffiziere. Manchmal zerschossen sie aus Wut die Glühbirnen im Flur. Der Futtermeister, Feldwebel Ball, ein Berliner mit großer Klappe, hatte in der Handwerkerstube dem Sattler, welcher im Bett lag, ins Bein geschossen. Das gab eine Verhandlung beim Kriegsgericht. Die Arreststrafe mußte er ratenweise übers Wochenende absitzen. Für diese und andere Disziplinlosigkeiten wurde ein Strafexerzieren für die ganze Kompanie durchgeführt. Durch die Schneepfützen robben und ähnliche Scherze wurden dabei geübt.

In einem Block waren gefangene Franzosen untergebracht. Sie waren in der Munitionsfabrik in Stablak beschäftigt. Sie machten einen sauberen Eindruck. Wir hatten wenig Kontakt mit ihnen, aber wenn bei uns ein Stück Brot übrig blieb, was selten der Fall war, nahmen sie es dankbar an. Einer war dabei, der schmiedete für ein Brot einen Ring, kalt aus einem Geldstück.

Der Gefreite Heil von den Nachrichtenleuten war ein Sturmbannführer der S.A.. Er wußte, daß der Führer unnötige Schikanen verboten hatte und kannte sich auch in der Heeresdienstvorschrift (HDV) gut aus. Deshalb beschwerte er sich beim Kompaniechef. Darauf fiel er bei jedem Appell auf. Einmal mit der Gasmaske, dann mit dem Karabiner usw.. Nachappell und zusätzliche Strafwachen waren die Folge. Daraufhin beschwerte er sich schriftlich. Am nächsten Tag war angeblich bei ihm Wachvergehen festgestellt und er mußte während der Mittagszeit draußen im Gelände Strafexerzieren beim ruppigsten Unteroffizier der Kompanie mit einem Feldwebel zur Aufsicht. Er kam zurück, durchgeschwitzt, dreckig wie ein Schwein aus der Suhle und moralisch fertig. Die Beschwerde zog er zurück. Er wurde daraufhin versetzt.

Im März 1941 war der Auftrag auf dem Truppenübungsplatz erfüllt. Es sollte angeblich ins alte Quartier zurück gehen. Unterwegs hielt der Zug stundenlang auf einem Bahnhof. Es kam ein anderer Befehl, nämlich nach Lublin. Mannschaften und Pferde bezogen Baracken und bekamen ausreichend Futter. Dort wurde die gesamte Ausrüstung überprüft. Es wurde scharf geschossen und Gasalarm geübt. Pioniere entseuchten und markierten mit Fähnchen eine dreihundert Meter lange Gasse. Wir waren mit Gasmaske, Plane und Losantintabletten ausgerüstet. Für die Gäule gab es probeweise Gasmasken bei denen Filter in die Nüstern der Tiere gesteckt wurden. Wir mußten behelfsmäßig nasses Heu in die Futterbeutel legen mit einem Lappen darauf, damit es nicht gefressen wurde. Dann ging es im Galopp durch die Gasse. Aber die Lappen setzten sich vor die Nasenlöcher und die Tiere bekamen keine Luft mehr.

In der Stadt lag viel Militär und es mußte viel Wache geschoben werden. Von den Schützen wurden dafür jeden Abend ca. 20 Mann vergattert. Wir Reiter und Fahrer hatten mit der Stallwache zu tun. An

freien Sonntagen konnten wir ins Kino gehen, wenn noch ein Platz zu haben war. Oder im Soldatenheim ein Spiegelei essen und ein Bier trinken. Eine SS Einheit hatte eine eigene Kantine, wo wir einmal hingingen. Darin waren alles Rheinländer, junge, lustige Burschen. Sie sangen Volkslieder zur Gitarre. Wir hatten einen Oberschlesier auf der Bude, der war Friseur. Er nahm fürs Haare schneiden eine halbe Mark. Er brauchte Geld für eine Freundin im Puff. Dort kostete es jedesmal fünf Mark und vorher gab es eine Untersuchung. Das bestätigten auch andere Freier (meistens Verheiratete). Ein Sanitäter gab auch noch eine Desinfektionsspritze. Wir waren etwas heimisch geworden und hatten uns etwas eingelebt, als wieder der Marschbefehl kam.

Diesmal bezogen wir eine alte Kaserne in einem kleinen Städtchen. Da hatte wohl früher mal polnische Kavallerie gelegen. Große Gewölbe überspannten die Ställe und Mannschaftsräume. Es war ungemütlich in solchen dunklen, kellerartigen Sälen mit mehr als 30 Leuten zu wohnen. Auf dem Kasernengelände gab es keinen Brunnen. Der Unteroffizier vom Dienst brauchte täglich zehn Leute nach Dienstschluß zum Wasser holen für die Feldküche. Wehe dem, der nicht pünktlich

da war, einen Knopf geöffnet hatte oder deren Fingernägel und Kochgeschirr nicht sauber waren. Der Auffällige machte abends Wolgaschiffer.

Früh und abends wurden die Pferde zu dem zwei Kilometer entfernten Fluß zum Tränken geführt. Auf den Wiesen in der Flußniederung weideten die Droschkenpferde mit den Vorderbeinen gefesselt. Wir sahen das als Tierquälerei an, so steif zu stehen und höchstens 20 Zentimeter Platz zum Ausschreiten zu haben. Mancher Landser schnitt unbeobachtet den Strick durch. Überall in den Städten waren die Droschkenkutscher zu sehen. Für ein paar Sloti jagten sie den pflasterlahmen abgemagerten Klepper über die holprigen Straßen. Strissow war ein schönes Städtchen. Mitten auf dem weiten Marktplatz am Brunnen tränkten die Bauern ihr Vieh und die Frauen holten ihr Hauswasser. Das Gras hielten die Gänse kurz. Im Viereck standen die Häuser, umgeben von blühenden Fliedersträuchern. Eine Sehenswürdigkeit war die griechisch-orthodoxe Kirche mit den vielen Zwiebeltürmen. Prunkvoll und kostbar war die Einrichtung mit den Ikonen. Der Pope sang in griechischer Sprache. Es hätte eine schöne Maienzeit

werden können, wenn nicht bei der Befehlsausgabe der Spieß ange-
sagt hätte, heute abend um 21 Uhr steht die Kompanie abmarschbereit.

In leeren Bauernscheunen verbrachten wir ein paar ruhige Tage am
Fluß Bug. Tagsüber durften wir uns draußen so wenig wie möglich
sehen lassen. Also kein Antreten und kein Exerzieren. Es gab nicht
einmal einen Dienstplan. Als Paul Passon in der fensterlosen Scheune
seine Pferde tränken wollte, wußte er nicht, daß die beiden Pferde die
Plätze gewechselt hatten. Er bekam von der Liese einen Hufschlag,
daß er ein paar Meter weiter schmerzgekrümmt am Boden lag. Da
wollte der Futtermeister die Peitsche nehmen, aber Paul schrie er solle
Liese ja nicht schlagen, davon würde sie noch schlimmer werden. Grenz-
verkehr über den Bug gab es nicht. Durch die Astlöcher sahen wir mit
dem Fernglas drüben Leute bei Schanzarbeiten. Beim Eintritt der Dunkelheit wurde es auf den Straßen lebendig. Material rollte heran und
wurde in Wäldern und Getreidefeldern gut getarnt. Ob es gegen Rußland gehen sollte? Außer ein paar Latrinenparolen wußte niemand etwas Genaues. Dann wurde wieder ein Nachtmarsch befohlen. Wieder
mußte alles in Scheunen und Wäldern verschwinden.

Das Unternehmen Barbarossa

Banges Warten

Unternehmen Barbarossa war der Tarnname für den Marsch nach Rußland. Am 20. Juni, kurz vor Sonnenuntergang ließ der Zugführer alle zusammenrufen. Es gab Freibier, 15 Liter für 30 Mann. Als alle im Gras lagen, gemütlich eine Zigarette rauchten mit lauwarmem Bier im Kochgeschirr, begann der Oberfeldwebel: „Also Jungens, morgen früh um 4 Uhr knallt's." Er las einen Führerbefehl vor, bei dem auf die Gefahr aus dem Osten hingewiesen wurde. Der Bolschewismus plane eine Weltrevolution, der wir zuvorkommen müssen. Rußland hätte zuviel von Polen beschlagnahmt und ähnliches. An jeden wurde appelliert, getreu dem Fahneneid seine Pflicht zu tun. Unser Ziel ist morgen früh das Städtchen Ustilug. Die Artillerie legt ein Trommelfeuer vor, dann greift die Infanterie an. Wir, der zweite Zug sind dem zweiten Bataillon unterstellt. Zum Einsatz kommen das erste mal Raketengeschütze, Dowerfer. Pioniere werden mit Schlauchbooten am Bug sein. Auch die Geschütze und zwei Pferde mit Lelonek und Kuschel werden übergesetzt. Am Nachmittag wird eine Notbrücke gebaut, über Schützen- und Panzergräben hinweg. Dann folgen die Protzen, Küche und Artillerie. Das erste Tagesziel ist Wolynskij, ein Städtchen 16 Kilometer weiter. Alles begibt sich zur Ruhe und in der Dunkelheit in Bereitstellung. Um Mitternacht steht jeder an seinem Platz. Dazu gab es kaum noch Fragen.

Außer der bangen Frage, was uns die Zukunft bringt. Wie lange wird es dauern ? Natürlich hoffte jeder, es würde nur einem Sommer dauern. Ich sehe sie heute noch liegen. Zugführer Hötzel, auf zwölf Jahre als Berufssoldat verpflichtet. Da konnten sich Gelegenheiten bieten, die Tapferkeit unter Beweis zu stellen, um befördert zu werden. Der Stellungsunteroffizier Wedemeier war Lehrer von Beruf. Die beiden Geschützführer Pol und Unteroffizier Kaiser, Richtkreis und Entfernungsmesser Unteroffizier Schmidt, Heinrich Gruner der berittene Melder, der auch Querin pflegte, das Reitpferd des Zugführers. Bei jedem Geschütz waren vier Mann Bedienung. Da waren drei Nachrichtenleute mit Telefon und Kabeltrommel. Einer davon machte Melder zu Fuß und Putzer beim Oberfeldwebel. Schließlich waren da noch wir acht Fahrer für die Geschütze und Munitionswagen mit unseren 21 vierbeinigen Kameraden. Alle jung und gesund in banger Erwartung. Mancher Draufgänger erwartete Abenteuer, Heldentaten, Eroberungen, Orden und Beförderung. Kaum einer dachte an die Gefahren, an Angst und die schlaflosen Nächte, an Hunger, Kälte, Verwundung, Gefangenschaft und Heldentod. Da waren die Lieder... Im Felde da ist der Mann noch was wert, da wird das Herz noch gewogen... oder ...der schönste Tod von allen, ist der Soldatentod... Um Mitternacht saß ich auf dem Lehmsockel an einer Hauswand mit Norbert am Zügel. Hatte für einen Tag Hafer und für mich Brot in den Packtaschen. Man konnte ja nie wissen ... Drinnen im Haus waren Landser von der fünften Kompanie. Sie sprachen wenig und rauchten viel. Warten war ein Soldat ja gewöhnt, aber diese Stunden wurden immer länger. Man kann nicht dauernd beten oder die Uhr aufziehen. Ob es viel Wiederstand gibt oder werden die Russen froh sein, vom Kommunismus befreit zu werden, wie es hieß? Wer wird überleben und was wird mit einem selbst passieren? Was werden sie in der Heimat denken?

Im Osten zeigte sich erst ganz schwach das Morgenrot. Ein Stern nach dem anderen verblaßte. Die ersten Hähne krähten, in den Bäumen begann das Vogelkonzert. Noch war Friede, noch 34 Minuten... Es ist 4 Uhr. Stille. War es abgeblasen? Nein, meine Uhr ging vor.

Es geht los

Im Nordwesten blitzte ein Mündungsfeuer. Ein dumpfer Abschuß und die erste Granate heulte über uns hinweg, um drüben zu detonieren. Ganze Batterien schlossen sich an. Hubartig setzten die Dowerfer ein. Gleich bündelweise wurden die Granaten abgeschossen. Die Flugbahnen der Granaten waren mit Rauch gezeichnet. Ein schauerliches Konzert war im Gange. Ustilug war in Staub, Feuer und Rauch gehüllt. Viel Widerstand gab es nicht. Infanterie mit Maschinengewehren und Granatwerfern wurde zuerst den Bug übergesetzt. Dann kamen unsere Geschütze. Für die Pferde mußte erst ein Scheunentor aufs Schlauchboot gelegt werden. Am Ufer lag der erste Gefangene mit zerschossenem Arm. Der Sanitäter legte ihm einen Notverband an. Norbert stand artig auf dem schaukeligen Boot und kletterte willig auf der anderen Seite den Steilhang zwischen den Sträuchern hoch. Er sprang auch mit über die Schützengräben. Die Geschützbedienung war froh, daß sie nicht mehr schieben brauchten. Angst und Schrecken standen in den

Gesichtern der Menschen, die von dem Feuerüberfall überrascht wurden. Weil aus einem Haus geschossen wurde, wichen wir aus. Der Geschützführer wollte über die Eisenbahnbrücke einer Schlucht. Da lagen die Schienen so auf den Schwellen. Vorsichtig wurde das Geschütz darüberbugsiert. Ich sollte auf dem schmalen Brettersteg mit Norbert folgen. Tatsächlich ging der Braune vorsichtig und schwindelfrei hinterher. Das nächste Hindernis war der Panzergraben, drei Meter tief und vier Meter breit. Weit und breit war kein Übergang zu sehen. Also wurden mit den Spaten die Kanten abgeschippt. Beim Schwung bergab brach das Sporenrad. Beim nächsten Bauern stand ein Kultivator im Schuppen. Dessen Vordergestell war der beste Ersatz. Der Mann protestierte, aber wir versprachen es am anderen Tag wiederzubringen. Am ersten Tag war ein großes Durcheinander. Keiner wußte, was er zu tun hatte. Volynski wurde verteidigt und war nicht so leicht zu nehmen. Die ersten Verwundeten kamen durch Maschinengewehrbeschuß von einem eigenen Jagdflugzeug. Das kam wohl daher, daß die zweite Geschützbedienung vor einem Sowjetstern stand, der am Straßenrand in die Böschung gemalt war. Das wurde wohl vom eigenen

Flugzeug für eine Fahne gehalten. Ehe weiße Leuchtkugeln hochge-
schossen wurden, war es geschehen. Neben der Geschützstellung lag
ich mit Norbert unter einer Eiche im Kornfeld. Ringsum waren Gra-
natwerfereinschläge. Vom Geschütz war nichts mehr zu sehen, die
Infanterie ging zurück. Gegen Abend kam der General, aufrecht, ohne
Stahlhelm und rief: „Eingraben! Stellung halten! Die Artillerie ist über
den Bug und wird heute noch eingesetzt!" Das machte Eindruck. An
einer Brücke lagen tote Polen. Sie hatten angeblich die Sprengung durch
die Sowjets verhindert und waren die ersten Gefallenen für Großdeutschland. Hötzel kam und wir fanden das Geschütz weiter hinten.
Die Feldküche mit Eintopf kam kurz vor Mitternacht. Die zwei Stunden Schlaf am Straßenrand waren ein kleiner Vorgeschmack auf das,
was uns in Zukunft erwartete.

Die ersten Wochen

Es wurde viel marschiert im glühend heißen Sand. Meistens bei Tage.
Die deutsche Luftwaffe beherrschte den Luftraum. Strahlfäule und
Mauke heilten langsam ab, aber bei den Gewaltmärschen magerten die
Zugtiere ab. Es war abends viel Arbeit, die Druckstellen und aufge-
scheuerten Wunden der Tiere zu versorgen und zu kühlen. An Stelle
der Vorderbrake, einem Rohr, besorgten wir Zugwagen mit Ortschei-
ten, wie es bei Bauern üblich ist. Dadurch wurde bei den Vorderpferden das Brustblatt nicht verschoben und das Fell scheuerte sich nicht
wund. So kam manche Veränderung, die gegen die Heeres-Dienst-
Vorschrift verstieß. Von den Polen wurden wir begrüßt, gelegentlich
sogar mit ein paar Blumen, Eiern oder einem Wodka. Sie stellten einen
Eimer mit Wasser an die Straße oder winkten freundlich. Es gab auch
offizielle Begrüßungen, bei der dem Kommandeur am Ortseingang
Brot und Salz gereicht wurde. Feste Straßen gab es wenig. Vollbepackt
mit der Ausrüstung, durchgeschwitzt und mit brennenden Augen von
umherfliegendem Staub und Sand, war es ein kräftezehrendes Voran-
kommen. In den Marschpausen wurden erst die Pferde getränkt und

gefüttert. Manchmal reichte das Wasser kaum und mußte von weit her geholt werden.

Im unwegsamen Sumpfgebiet der Rokitnosümpfe ging es langsam voran. In diesem unübersichtlichen Gelände kamen motorisierte Fahrzeuge noch schlechter durch als die pferdebespannten Wagen und Geschütze. Einmal lagerten wir über Nacht auf einem sandigen Hügel. Ein Munitionswagen war in einem Sumpfloch zurückgeblieben und mußte von zwei Reitern nachgeholt werden. Ich war einer von ihnen. Dort, wo es keine Straßen, Wege oder Häuser gab, orientierten wir uns an dem Nordstern, der Windrichtung und einer Eiche, die alle Sträucher überragte und sich vom Horizont abhob. Wir ritten öfter um den Baum, um uns die Form einzuprägen.

Hier in den natürlichen Hindernissen gab es eine Verteidigungslinie mit großen Betonbunkern. Panzerabwehrkanonen (Pak) und Artillerie machten nur Kratzer auf der gewölbten Oberfläche. Mutige Freiwillige knackten die Bunker mit Handgranaten und Flammenwerfern durch die Schießscharten. Dafür winkte das Eiserne Kreuz, die Nahkampfspange oder der Heldentod.

Bei stinkendem Wasser, Fliegen und Fröschen wurde die Stellung gehalten. Angeblich bildeten Panzerverbände einen Kessel. Unter Guderian sollten sie bis Kiew vorstoßen. Damit wäre die Rote Armee vernichtet und der Krieg wäre im Herbst aus. Die Pferde standen immer im Geschirr in Alarmbereitschaft. Der Kompaniegefechtsstand mit dem Troß, bestehend aus Küche, Schmied, Sattler und Munitionsstaffel hatten sich zwei Kilometer weiter zurück in einem Wald eingerichtet. Die Organisation Tod (O.T.) baute Knüppeldämme für den Nachschub. Die Verpflegung war nicht gerade reichlich. Zum Essenholen wechselten wir uns ab. Es war kein Vergnügen mit den 35 Kilogramm schweren Kanister aufzusitzen. Man war ja noch mit dem üblichen „Christbaumschmuck" wie Karabiner, Gasmaske und Seitengewehr behängt. Schoß der Iwan Störfeuer auf die Wege, dann hieß es im gestreckten Galopp aus der Gefahrenzone. Dabei schlug der Kanister ganz schön ins Kreuz. Erwin bekam einmal einen fingerlangen Splitter in den Kanister. Er hatte die Isolierschicht durchschlagen und ihm damit das Leben gerettet. Um den Weg abzukürzen, ritten wir an einem kleinen Feld mit Buchweizen vorbei. Darin lagen sechs gefallene Russen. Hemden und Hosen der aufgedunsenen blauen Leiber waren geplatzt. Fliegenschwärme fraßen erst die offenen Augen, dann Mund und Weichteile. Vom Gestank gar nicht zu reden. Aus Neugier und zur Orientierung ritt ich einmal auf eine kleine Erhebung. Sofort setzte ein Artillerieüberfall ein. Nichts wie ab über den Knüppeldamm. Die alten Männer von der O.T. lagen alle flach in Deckung. Munition hatten die drüben anscheinend reichlich.

Der kleine Theo Lelonek lag mit Paul Tizmann im Erdloch. Er beschwerte sich über seinen Kameraden, der am Spinnen sei. Wenn in der Nacht nebenan die Leuchtkugeln hochgehen, spricht er vom eingeschlossen sein, vom Gaskrieg, von Gefangenschaft und daß keiner von uns nach Hause kommen wird. Wir kannten Paul als zuverlässigen Mann. Aber wenn er Zeit zum Grübeln bekam, versagten seine Nerven.

Der Kiewkessel

Wieder wurde kämpfend marschiert. Manchmal früh und abends ein
Ort eingenommen. Es hatte sich so eingespielt. Ein Spähtrupp nahm
Fühlung auf. Manchmal hatten wir den Reiterzug vom Regiment dabei. Vier bis sechs Mann ritten auseinandergezogen das Dorf an. Bekamen sie Feuer, machten sie kehrt und es wurde ausgeschwärmt angegriffen. Die Luftaufklärung klappte nicht immer. Bei viel Widerstand wurde auch Artillerie oder Pak eingesetzt. Verwundete wurden
von den Sanitätern zum Haupt-Verbandsplatz geschafft und versorgt.
Die Gefallenen wurden beerdigt. Ein Holzkreuz mit Namen und dem
Stahlhelm schmückten den Grabhügel. Für die Ausfälle kam Ersatz
aus der Heimat. Gefangene wurden gesammelt und zurückgeschickt.
Beutepferde ersetzten bei den Gespannen die Ausfälle. Heinrich G.
kam auf einem eleganten, temperamentvollen Hengst angeritten. Im
Trab und Galopp ließ er alle anderen hinter sich. Halfter und Zaumzeug waren messingbeschlagen. Sattel und Schabracke wertvoll ver-
ziert. Sonst waren die Kosackensättel ganz einfache Pritschen. Den

nimmt mir keiner weg, nahm er sich vor. In der ersten Nacht wieherte
sein Hengst jedesmal laut, wenn er eine Stute witterte. Schweren Her-
zens übergab er ihn dem Futtermeister. Wir sehnten uns nach Ruhe.
Einmal das Hemd wechseln oder baden können. Einmal eine Nacht
ungestört schlafen. Aber es hieß Feindfühlung behalten. Der Feind
darf sich nicht festsetzen.

Manchmal hatten motorisierte Truppen schon vor uns „bereinigt .
So machten wir in einem Städtchen Mittagsrast. Auf dem Marktplatz
bot sich ein grauenhaftes Bild. Wie die Leute erzählten, hatte eine SS
Truppe wegen eines Partisanenüberfalls aus Vergeltung am Vormittag
ca. 40 Personen zusammengetrieben und mit Maschinengewehren aus
einem Panzerspähwagen zusammengeschossen. Da lagen Männer mit
langen Bärten, Jugendliche, eine Mutter hielt ihr Kind im Arm mit
zerschossenem Kopf. Viele von uns waren sprachlos. Ob diese Rache
an Wehrlosen wohl notwendig war? Wir hatten zur Zivilbevölkerung
ein gutes Verhältnis, was dankbar und oftmals gastfreundlich erwidert
wurde. Kein Gefangener wurde von uns erschossen. Wenn das nicht
Haß und böses Blut erzeugt. Hier gab es Reis, was selten vorkam.

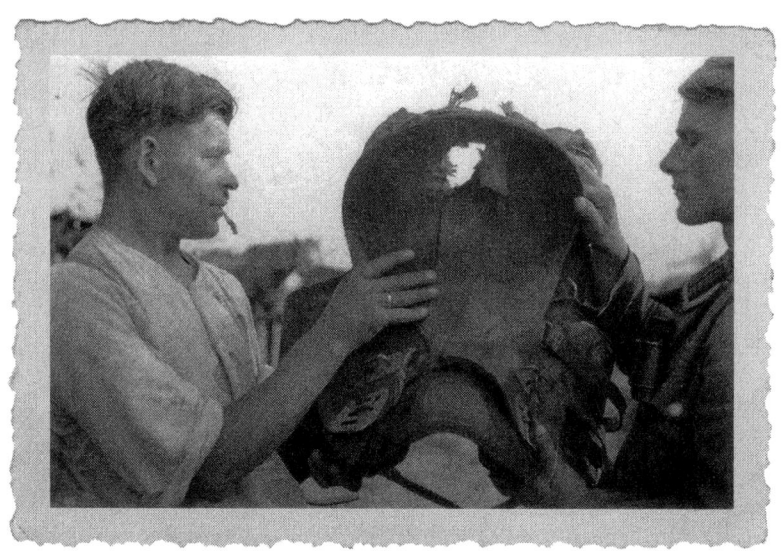

Obwohl wir alle hungrig waren, stellten zwei das Kochgeschirr zur
Seite. Es war ihnen der Appetit vergangen. Die Feldküche mußte wie
üblich nach dem Essen Wasser nachfüllen. Beim Wasser besorgen hatte der Koch noch ein lebendes Mädchen in dem Leichenhaufen entdeckt.

Natürliche Hindernisse waren Flüsse und Sümpfe. Die Infanterie
hatte einen Brückenkopf über einen Wasserlauf von vier Meter und
dem versumpften Überschwemmungsgebiet gespannt. Auf diese einzige Brücke konzentrierte sich das feindliche Artilleriefeuer und sie
konnte jeden Moment einen Volltreffer bekommen. Also mit Fahr-
zeuglänge Abstand im Galopp hinüber. Ein Wäldchen bot drüben etwas Deckung, lag aber unter Granatwerferfeuer. Es gab Ausfälle bei
den Pferden. Einer Schimmelstute zischte eine sechs Zentimeter Granate über die Ohren und zerfetzte die Sattelbrücke, bohrte sich durch
das Sattelgerüst, beschädigte dabei den Woilach und krepierte fünf
Meter weiter hinten. Bei Aufschlagzündung wäre das Tier zerfetzt
worden. So sackte es zusammen und stand danach wieder auf.

Sicherheitshalber buddelten wir uns bei eisenhaltiger Luft gleich Dek-
kungslöcher. Paul Passon hielt zwar nicht viel davon, aber bei dem
Strichfeuer machte er mit. Von seinem Fluchen wurde ich geweckt.
„Du mit deinem Löchergraben, den Arsch haben wir naß" schrie er.
In der Müdigkeit hatten wir nicht gemerkt, wie 20 Zentimeter Wasser
eingesickert war.

Weil die Beutepferde zu klein waren für die schweren Protzen, mußten die Reitpferde ins Geschirr. Über Bäche und Flüsse gab es nicht
immer Brücken, sondern Durchfahrten. Willi Ortmann und ich holten Munition und näherten uns im gemütlichen Trab so einer Durch-
fahrt. Querin unterm Sattel beschleunigte vor der drei Meter breiten
Pfütze, setzte zum Sprung an und wurde dann im Geschirr zurückge-
halten. Willi flog im hohen Bogen übers Wasser und weil er ein durch-
trainierter Turner war, rollte er elegant ab.

Zwischen endlosen Weizen-, Sonnenblumen- und Maisfeldern lagen die Dörfer in der Ukraine zehn bis fünfzehn Kilometer voneinan-
der entfernt. Im Dorfzentrum stand die Kolchose, ein langer, stroh-

bedeckter Stall mit Lehmwänden. Es gab manchmal Zusatzverpflegung durch Erbeutetes. Wir organisierten eine Kiste mit eintausend
Eiern. In dem Schuppen bekamen einige Streit miteinander, wurden
handgreiflich und bewarfen sich schließlich mit den Eiern. Statt dem
Feldküchenfraß, schlugen wir soviel Eier mit Zucker ins Kochgeschirr,
daß der Löffel stand.

Der Krieg hatte sich eingespielt. Das Bataillon besetzte ein Dorf
nach dem anderen. Meist wurde in der Morgen- oder Abenddämme-
rung angegriffen. Ein Spähtrupp immer voran. Je nach Widerstand
mußte Pak oder Artillerie ran. Die wurde nicht immer von der Division genehmigt. In solchen Fällen gab es viel Verluste. Ein Zug beim
Regiment war mit Fahrrädern ausgerüstet. Die waren beweglicher und
wurden schnell in Lücken eingesetzt. Einmal lagen sie alle tot in einem
Dorf. Wie sie uns manchmal überholt hatten, mit dem langen netten
Leutnant an der Spitze. Ahnungslos waren sie in eine Falle geraten.
Ähnlich erging es uns, als der Reitertzug mit Maschinengewehrfeuer
empfangen wurde. Trotzdem kam kein Befehl zum Ausschwärmen.

Der Major wäre vormittags in der Ortschaft gewesen, sie wäre feindfrei. Keine neugierigen Kinder waren zu sehen. Keine Gesichter hinter den Fenstern. Eine beängstigende Ruhe. Plötzlich ein Höllenzau-
ber aus allen Ecken. Instinktiv lag alles in Deckung, nur wir Fahrer
mußten die Pferde beruhigen, die auf den Hinterbeinen standen. Ruhig zureden und die eigene Angst nicht zeigen hilft da am besten. Bald
war die Abwehr aufgebaut. Viele ergaben sich freiwillig und waren
kriegsmüde. Nur in einer Lehmgrube war angeblich ein polnischer
Kommissar, der die Soldaten mit der Pistole ins Feuer jagte. Die Gefangenen riefen ihnen rüber, daß ihnen nichts passiert, aber sie ließen
sich lieber abknallen. Ein Hauptmann schimpfte, weil die Landser einen Beute-Lastwagen durchstöberten, anstatt das Dorf zu durchkäm-
men. Als der Spuk vorbei war, fand ich in einem Schuppen Heu zum
füttern. Darunter waren zwei Soldaten mit Waffen versteckt, die sich
ergaben.

Die Tage waren heiß in der Ukraine und die Nächte kühl. Die Sonne war im Westen verschwunden. Wir lagen in Decken gehüllt im Gras,

als der Befehl kam: Fertigmachen, ca. zwei Stunden Marsch, Stahlhelm auf, äußerste Ruhe, Rauchen verboten. Das roch nach Himmel-
fahrtskommando. Vielleicht ein Dorf umgehen, oder durch eine Front-
lücke? Lautlos waren die Geschütze in Stellung gebracht. Nebenan
standen unsere Protzen auf dem Friedhof. Das war meistens ein Stück
unbebautes Land am Dorfrand ohne Denkmäler und Blumenschmuck.
Das Gras weideten die Tiere ab. Auf manchem Grabhügel stand ein
Kreuz aus rohem Holz. Dazwischen Akazien, welche die trockenen
Sommermonate am besten vertragen konnten. Die Pferde konnten
wir nicht an diese Bäume binden, weil sie giftig waren. Wir vier Fahrer
und der Melder teilten unsere Wache ein und hofften noch auf zwei
Stunden Schlaf. Als sich im Osten das Morgenrot zeigte, wurden die
Pferde unruhig. Wir sahen und hörten nichts, aber Tiere reagieren zei-
tiger wie der Mensch. Da tauchten am Horizont Gestalten auf. Wir
lagen flach und beobachteten, wie sie auf uns zukamen, lautlos, mal
bückend, mal aufrecht. Gut zehn Mann mußten es sein. Ein Spähtrupp? Eigene, oder feindliche? Wir verteilten uns, entsicherten die

Karabiner, wollten sie auf Rufweite herankommen lassen, um dann nach der Parole zu fragen. Im letzten Moment zeigten sie die Breitseite. Es waren Fohlen, die durch das Flachsfeld liefen und vermutlich auf uns zukamen, weil sie unsere Pferde gewittert hatten. Wieder einmal fiel uns ein Stein vom Herzen.

Im Laufe des Sommers kamen neue Geschütze mit Gummibereifung. Beim ersten Einsatz hatte der Zugführer die Entfernung zu kurz geschätzt. Der Einschlag war in den eigenen Reihen, es gab Ausfälle. Es wurde ja immer mit Munition gespart. Bei einer festen Stellung wurde eingeschossen und Entfernung und Seitenrichtung markiert. Feindliche Jagdflieger konnten wir im ersten Sommer noch mit Maschinengewehren oder Karabiner verscheuchen, wenn alle gemeinsam schossen.

Die Verpflegung kam meistens abends. Das bißchen Butter und Leberwurst ließ sich nicht gut im Brotbeutel aufbewahren. Die Butter wurde in der Hitze tagsüber flüssig. Beute gab es nicht mehr so oft. Bei einem Angriff standen die Protzen an einer Hauswand. Drinnen war der Hauptverbandsplatz. Einige Hühner scharrten in den Pferdeäpfeln. Wir wollten ein Huhn fangen. Das hatten die von drinnen gesehen und ein Sanitäter schimpfte, daß Plündern nicht erlaubt sei. Obwohl für Mundraub keiner bestraft wurde. Schließlich erwischte ich den Vogel auf dem Nest, rupfte ihn, da hatte Erwin schon den Tränkeeimer mit Wasser auf dem Feuer stehen. Ehe das Huhn im Eimer verschwand, kontrollierte Erwin es und entdeckte in der Leber noch die Galle. Alles muß eben gelernt sein!

Der Kiewkessel geht zu Ende

Oftmals stellten wir uns die Frage, wie der Vormarsch möglich war, bei so einer Übermacht der Gegenseite an Menschen und Material. Das Zehnfache an Gefangenen der eigenen Stärke kam öfter vor. Zu Hunderten wurden sie mit wenig Bewachung zurückgeschickt. Sicher waren

unsere Flugzeuge den russischen überlegen. Sie waren schneller und wendiger. Unsere Maschinengewehre hatten mehr Feuerkraft, waren aber auch empfindlicher und hatten schnell Ladehemmung, wenn etwas Sand am Patronengurt war. Auch waren die Verluste der Gegenseite meistens größer. Vielleicht lag es am System, daß genau wie in der Wirtschaft eine schwerfällige Bürokratie die Entwicklung bremst. So wurden die armen Kerle von den politischen Kommissaren ins offene Feuer getrieben.

Eine Woche Ruhe gab es in einem großen Dorf. Die Geschütze wurden gründlich gereinigt und die Bekleidung wurde nachgesehen. Meine Zeltplane, die vorschriftsmäßig zusammengerollt war, hatte einen Durchschuß und damit viele Löcher. Die Pferde wurden neu beschlagen, die verletzten Pferde vom Veterinär behandelt. Die Handpferde hatten wir schon öfter ausgewechselt. Sie waren alle abgemagert. Norbert war ein zuverlässiger, treuer Kamerad geworden. Napoleon, der nicht wieder zurück in die Kaserne sollte, war abgeschunden, hatte krumme Beine und eine handgroße Wunde vor dem Brustblatt. So war er, angebunden hinter einem Panjewagen, einige Tage

mitgelaufen, bis er wieder nach einem Vorübergehenden geschlagen hatte. Daraufhin kam er mit anderen zur Veterinärkompanie. Weil ein großes Feld mit Rotklee in der Nähe war, konnten sich die Gäule satt fressen. Nach einem Bad im Eimer und dem Wechseln der Wäsche fühlten wir uns wie neu geboren. Einer hatte noch eine Ziehharmonika, worauf er abends spielte. Erst kamen die Kinder, dann die anderen Leute gemütlich zusammen. Leider konnten wir kaum russisch, so mußten einige Oberschlesier dolmetschen.

Es kamen noch ein paar kleine Einsätze dann wurde wieder gezeltet. Auf dem Sandweg zog eine fast endlose Kolonne Gefangener vorbei. In acht Reihen schleppten sie auch Verwundete mit. Sie hatten ein paar russische Feldküchen dabei, die als Einachser einspännig gefahren wurden, was jedoch bei diesen Massen an Menschen nicht ausreichte.

Bei Übernachtungen kam es vor, daß der Hausherr mit im Haus blieb. War er harmlos und zivil gekleidet, fragte keiner nach seiner Vergangenheit.

Der Dnjeprübergang

Unsere Hoffnung auf baldigen Frieden erfüllte sich nicht. Am Dnjeper hatten motorisierte Einheiten einen Brückenkopf gebildet.
Heiß umkämpft und zerstört waren die Brücken über den kilometerbreiten Strom. Pioniere hatten eine Notbrücke auf schwimmenden Pontons gebaut. Viele Divisionen mußten darüber. Obwohl gute Flaksicherung vorhanden war, griffen feindliche Flugzeuge Tag und Nacht an. Wir befanden uns marschbereit in einer Kolchose. Dort war die Propagandakompanie und gab eine Kinovorstellung im Freien. Die Zuschauer saßen vor und hinter der Leinwand auf dem großen Hof. Die beste Aussicht war auf dem Strohdach.
Bis zur Brücke war noch ein 15 Kilometer breites, zum Teil sumpfiges Überschwemmungsgebiet zu überqueren. Der vier Meter hohe Damm war mit rundgeschliffenen Flußsteinen gepflastert. Ein Divisionsbefehl lautete: Pferde schonen, absitzen. Die Schützen gingen seitwärts und wir Fahrer mußten auf den Katzenköpfen zügig marschie-

ren. Obwohl alle marschieren gewohnt waren, hatten an diesem Tag viele Blasen an den Füßen. Rechts und links waren Kampfspuren zu sehen. Zerschossene Fahrzeuge, stinkende Pferdekadaver. Einige lebten noch, verwundet oder entkräftet im Sumpf, dem sicheren Tod geweiht. Kriminell wurde es unten auf einer Sandbank. Gut auffahren und nicht abdrängen lassen galt es. Einer Stute wurde in dem Gedränge von einem Panzer die Hüfte herausgerissen. Ohne größere Verluste erreichten wir auf schwankenden Bohlen das gegenüber liegende Ufer. Wieder gab es Gewaltmärsche.

Die Schlammperiode

Der Herbst kam und es regnete unaufhörlich. Das Wasser konnte in dem ebenen Gelände schlecht abfließen und verwandelte den schwarzen, meterdicken Mutterboden mit Lehmuntergrund in einen zähen Brei. Wenn auch neue Spuren gefahren wurden und sich die Fahrbahn hundert Meter breit über die Kolchosfelder erstreckte, so war es doch eine Schinderei für Mensch und Tier. Schwarzer Kitt saß zwischen Speichen und Rädern, die für solche Zustände nicht gebaut waren. Erst wenn ein Gaul vor Erschöpfung zusammenbrach, wurde eine kleine Pause eingelegt. Dadurch kam das Fahrzeug nach Mitternacht ins Quartier und hatte nur eine kurze Nacht. Die Reitpferde kamen ins Geschirr. Statt vierspännig wurde sechsspännig gefahren. Norbert mußte ich zum vierten schweren Zug abgeben, weil die kräftige Tiere brauchten. In der ersten Nacht war er übers Zugtau getreten. Der gleichgültige Fahrer hatte es nicht bemerkt. Mit durchgescheuertem Fell und geschwollenem Hinterbein kam er lahm zur Veterinärkompanie. Endlich in Potroprotowka sollte Winterquartier bezogen werden. Hätte der Iwan gewußt, wie hilflos die Wehrmacht war... Ein Kolchosstall wurde für die Pferde eingerichtet. Stroh von den Schobern wurde herbeigeschafft. Verpflegung war knapp und wurde stafettenweise vierspännig mit den Panjewagen herangeschafft. Mit 12 Mann wohnten wir in einem Klassenzimmer. Es war beengt, aber ein Ofen war drin. Sogar Hindenburglichter waren

Mangelware. Wenn wieder einmal Post kam, oft am späten Abend, dann wurden die Feldpostbriefe am offenen Ofentürchen gelesen. Hauptmann Henschel war verwundet, Leutnant Bergemann vom vierten Zug wurde Kompaniechef. Er war wenig beliebt. Als bei der Feldküche über Nacht einige Würste abhanden gekommen waren, bestrafte er die Wache mit drei Tagen Arrest. Die Bestrafung war praktisch undurchführbar, weil kein geeigneter Raum vorhanden war und jedermann gebracht wurde. Ein Jahr später bei der Genesungskompanie in Metz hatte er einen der Wachen, den Sattler Sindermann wiederentdeckt und auf der Strafe bestanden.

Der Traum vom warmen Winterquartier war bald vorbei. Es gab Abwehrkämpfe. Aber auf beiden Seiten fehlte es wohl an Munition und Nachschub. Frost verwandelte die zerwühlten Wege in knochenhartes, unwegsames Gelände. Eines Morgens erwachte ich im Strohschober, wo es mollig warm war. Draußen war alles eingeschneit. Mein Gott, was sollte auf freiem Feld ohne warmes Schuhwerk und Bekleidung werden?

Isjum

In dem Städtchen Isjum am Donez wurde wieder die Front gehalten. Wir hatten Privatquartier. Meistens um die vier bis fünf Mann in einem Haus. Die Hauptkampflinie verlief mitten durch die Stadt. Ringsum waren die Höhen vom Feind besetzt. Die Bewohner liefen noch hin und her. Stroh und Heu gab es nicht, dafür 15 Kilometer Kiefernwald im Hinterland. Von den Verpflegungsrationen wurden die Pferde nicht satt. Über Nacht klauten wir von einem Schuppen das neue Schilfdach. Das fütterte so gut wie Heu. Aber die Frauen schimpften uns am andern Tag fürchterlich aus. Allmählich konnten wir etwas russisch. „Ne ponje mai", heißt soviel wie: „ich verstehe nicht . Der Nachteil in den warmen Stuben waren die „Haustierchen". Wir lernten Wanzen und Läuse kennen.

Alles war hart gefroren und tief verschneit. Die Wache wurde jetzt stündlich abgelöst, weil es schon leichte Erfrierungen gab.

Es weihnachtete sehr. Wer Glück hatte, bekam ein Feldpostpäckchen. Die schönste Kiefer wurde mit Verbandswatte und Silberpapier aus Zigarettenschachteln geschmückt. Aus Marketenderware bekam jeder eine Schachtel Zigaretten, eine Tafel Schokolade und für fünf Mann eine Flasche Wodka. Walter B. hatte eine Mundharmonika und begleitete das Lied „Stille Nacht". So feierten wir Weihnachten 1941. Tage später wurden die Pferde zurückverlegt nach Scherwonischachter hinter den Wald. In dem großen, kalten Kolchosstall war es für die Tiere keine Erholung. Manche blieben morgens entkräftet liegen. Halfen Zurufe und Peitsche nicht, schoben wir eine Stange hinter den Vorderbeinen durch. Auf jede Seite stellten sich zwei Mann und einer stellte sich an den Schwanz. Auf ein Kommando wurde die Stange hochgehoben und das Tier war schnell wieder auf den Beinen. Bei kranken Tieren erwärmten wir die Nierengegend mit einem warmen Bügeleisen und deckten das Tier warm zu. Ließ es Wasser, war es wieder in Ordnung. Was fehlte war Futter, Heu und Wasser.

Der Iwan war besser auf den Winter eingestellt wie wir. Er hatte viel Material herangeschafft und begann den Gegenstoß mit einem gewaltigen Trommelfeuer aller Waffen. Bei unseren Geschützen war das Öl steif und die Rücklaufbremse funktionierte nicht. Auch die M.G. 34 waren nicht einsatzbereit. Trotzdem wurden die ersten Angriffswellen abgewehrt. Wir bekamen Alarm und mußten in schnellem Tempo nach vorne, um die Geschütze abzuholen. Bevor wir durch den Kiefernwald kamen, standen unsere Leute am Ortseingang von Isjum. Sie hatten die Geschütze stehen gelassen und gesprengt. Am anderen Tag organisierten wir einen Schlitten, und ich sollte im nächsten Ort Verpflegung holen. Troß und Feldküche waren nicht mehr da. Aber wo die Feldbäckerei gestanden hatte, konnte ich den Kasten noch voll Brot packen. Es war nicht einfach, mit so einer wertvollen Fracht an hungrigen Landsern vorbei zu fahren. Aber mit etwas Geschick und guter Tarnung mit Stroh und Decken, fand ich den zweiten Zug am anderen Tag. In der vierten Nacht fand ein Landser in einer Ölpresserei noch ein 20 Liter Faß mit Sonnenblumenöl. Wir tranken Becher voll und füllten die Feldflaschen. Normalerweise hätte das Durchfall gegeben, aber der Magen hatte tagelang nur Brot und Wasser verarbeitet und reagierte auf die Abwechslung positiv.

Die Abwehrfront wurde wieder aufgebaut, kräftig unterstützt von der Luftwaffe. Ein verhängnisvoller Irrtum passierte als wir in einem Ort lagen, der vorher von den Russen besetzt war. Die eigenen Stukas griffen uns an. Bevor Tücher ausgebreitet und Leuchtkugeln abgeschossen werden konnten, war das Geschwader im Sturzflug abgekippt und warf mit dem üblichen Sirenengeheul die todbringenden Granaten ab. Wir waren in einem etwas abseits gelegenen Haus am Dorfrand. Ich war gerade dabei, von dem auf der Herdplatte aufgetauten Kommißbrot die Kruste abzuschneiden, als vom Luftdruck die Tür aufflog. Die Scheiben klirrten und ein Bild flog von der Wand. Im Ort sah es verheerend aus. Die Verwundeten wurden versorgt, die schwerverletzten Pferde erschossen. Die Häuser waren beschädigt, einige brannten. Auf ein Strohdach war ein Sattel geschleudert worden.

Die Front war wieder aufgebaut, nur der Nachschub klappte nicht gut. Anfang März, als die grimmigste Kälte vorbei war, kam die in der Heimat gesammelte warme Winterbekleidung an.

Eine Zeitlang lagen wir in etwas höhergelegenen einzelnen leerstehenden Häusern und konnten mit dem Fernrohr weit ins Feindesland einsehen. Außer gelegentlichen Stoßtrupps und Störfeuer tat sich nicht viel. Aber wir hatten auch nicht viel zu beißen. Der aufgeweichte Boden in der Ukraine war schwer passierbar.

In unserem Quartier, der Ruine einer Molkerei, wurden nicht einmal die vielen Ratten satt. Brot und Butter war über Nacht nur im Kochgeschirr sicher. Bei einer Sonderzuteilung gab es 50 Gramm Schokolade. Diesen Hochgenuß wollte ich zwei Tage lang genießen. Ich aß nur die Hälfte und steckte den Rest in die Brusttasche der Feldbluse, knöpfte zu, zog den Woilach über den Kopf und schlief. Ich erwachte, als eine Ratte an meiner Rocktasche knabberte.

Als Meldereiter hatte ich eine leichte Fuchsstute. Am nächsten Tag mußte ich zwei Dörfer zurück zum Troß. Auf dem Rückweg wollte sich der Fuchs hinlegen. Ich führte sie am Zügel, denn der Sack mit umgetauschter Kleidung, Geschirrteilen und Spaten in dem Morast war schon Belastung genug. Wieder zurück im Lager musterten wir das Tier. Sollte sie tragend sein? Das Euter setzte etwas an, aber sie hatte zu wenig Bauch, um trächtig zu sein. Das war die allgemeine Meinung. Tatsächlich brachte sie am anderen Morgen ein schönes Hengstfohlen zur Welt. Sie nahm es liebevoll an, konnte aber bei den Futterverhältnissen keine Milch geben. Wir suchten in den Resten der Strohschober nach brauchbarer Nahrung, konnten aber nicht mehr viel auftreiben. So leid es uns tat, aber die beste Lösung war, das arme Ding zu erschlagen. Über Nacht hatten die Ratten ihm die Augen und Därme herausgefressen.

Charkow

Im März 1942 ging es wieder vorwärts. Bei Charkow waren Infanterie und Kosakendivisionen eingekesselt. Auf freiem Feld hatten sich die Reste ergeben. Die Gefangenen und Verwundeten waren zurückgeführt worden. Viel Beutematerial stand noch in der Gegend. Kein Schuß fiel. Alle machten es sich bequem und schauten sich die einfachen aber praktischen Panjewagen Geräte und Feldküchen an. Vielleicht war ein brauchbares Pferd dabei oder etwas Eß- und Freßbares. Manchmal waren Säcke dabei mit hartgetrockneten, haltbaren Brotstücken. Mitnehmen konnte man sowieso nichts, es sei denn ein Taschenmesser. Plötzlich ein M.G.-Geknatter von oben. Sieben Rattas und keine Flak in der Nähe. Alles ging in volle Deckung. Doch nach dem zweiten Anflug nahten drei Messerschmittjäger. Spannende Luftkämpfe entwickelten sich. Rattas waren wendiger, zogen kleine Kurven, waren aber langsamer als die deutschen Flugzeuge. Innerhalb weniger Minuten kamen sechs Rattas herunter davon einer mit einer Rauchfahne, einer explodierte und einer trudelte. Der Siebte suchte sein Heil in der Flucht. Vier Piloten retteten sich mit dem Fallschirm. Einer landete wenige hundert Meter von uns entfernt. Alles lief in Hemdsärmeln hin. Aber er verteidigte sich. Auch eine freundliche Aufforderung zum Ergeben beantwortete er nicht. Da wurden ein paar Warnschüsse abgefeuert. Darauf setzte er die M.P. an die Schläfe und drückte ab. Durch Propaganda waren die Russen eingeschüchtert. Das war bei den ersten Begegnungen zu spüren. Angst und Schrecken waren in den Gesichtern zu lesen. Hatte man ihnen freundlich zugesprochen, löste sich der Bann und sie waren meistens gastfreundlich. Allmählich erlernten wir die wichtigsten Wörter russisch. Manche Haseika (Wirtin) behandelte uns wie die eigenen Leute, wusch die Wäsche, kochte Borsch (Sauerkrauteintopf) oder machte Pirogen, gekochte Teigtaschen, gefüllt mit Bohnen. Bekam der Alte noch eine Zigarette oder die Kinder etwas zu naschen, war der Jubel groß. Meistens hatten die Leute noch eine Kuh im Stall, die versorgten wir mit Futter, wenn wir reichlich hatten. Manchmal waren auf den Kolchosen noch Futtervorräte aus einem Silo oder Getreide. Einmal waren es ein paar Bretter. Eine Frau fragten wir nach ein paar Tagen um ihre Meinung über den Krieg. Da sagte sie: Deutsche Soldaten gut, russische Soldaten gut, aber Krieg nicht gut. Wenn Hitler und Stalin kaputt sind, ist Krieg vorbei. Für den täglichen Eintopf, besonders für Dörrgemüse aus der Feldküche konnten sich nicht alle sehr begeistern. Zusatzverpflegung war immer eine willkommene Abwechslung. Findige Köpfe hatten herausgefunden, daß sich mit Mehl und Wasser als Zutaten viererlei Gerichte zubereiten ließen.

Erstens Mehlsuppe, bei der Mehl kalt angerührt und aufgekocht wurde. Zweitens Griessuppe, bei der Mehl vorsichtig ins kochende Wasser gestreut wurde. Bei der Knödelsuppe wurden Teigflocken ins kochende Wasser geworfen. Bei Teigplätzchen schließlich wurde Teig auf der heißen Platte gebacken. Salz oder Süßstoff aus Feldpostpäckchen verfeinerte den Geschmack.

Obwohl die deutschen Feldküchen modern eingerichtet waren mit glyzerinisolierten Kesseln und Druckverschluß, kam es vor, daß die Erbsen ins Kochgeschirr rappelten. Weich und aufgequollen waren sie zwei Tage später hinter dem Donnerbalken in der Grube. Schwarzen Kaffee gab es täglich. An hohen Festtagen gab es Bohnenkaffee. Lästermäuler behaupteten der Koch hätte eine Bohne in die Sonne gehalten, damit sich das Wasser im Kessel verdunkelt.

Nikoleiewka bei Taganrog

Im Frühsommer 1942 übernahm das Regiment einen Frontabschnitt von einer SS Einheit. Unsere Protzen lagen ein Dorf hinter der Hauptkampflinie in Nikoleiewka. Es war ein großes Dorf, in dem auch der Regimentsstab, der Hauptverbandsplatz, die Artillerie und anderes Militär lag. Wir waren zwar auf Häuser eingeteilt, lagen über Nacht aber schon im Freien. Die Gespanne waren unter den Akazien und in Gärten getarnt. Jeden Morgen trieb ein Junge die Kühe aus den Häusern auf die Weide, einer tief gelegenen Wiese. Abends fand jede wieder den eigenen Stall. Die Landschaft hier in Meeresnähe war nicht mehr ausschließlich Flachland. Es hätte schön sein können, wenn nicht fast jede Nacht die Fliegerangriffe gewesen wären. Theo Lelonek und ich kamen auf die Idee im splittersicheren Keller zu schlafen. Das waren etwa zwei Meter tiefe Erdlöcher bei jedem Haus, mit Feldsteinen gewölbt. Zum Schlafen kamen wir dort nicht. Es wimmelte von Flöhen. Die halbe Nacht waren wir auf Jagd und glaubten immer, den Letzten erwischt zu haben. Wir hatten Erfahrung. Sofort nach der Landung mit dem nassen Zeigefinger darauf und kurz rollen. Am Morgen wurde die Strecke gezählt. Acht Blutsauger aus dem Hemd gefangen, schmorten im flüssigen Wachs vom Hindenburglicht. Das war ein Rekord.

Bei Tage trauten sich die feindlichen Bomber nicht anzufliegen. Doch einmal war es so. Ein ganzer Verband flog das Dorf an. Vorsichtshalber stand alles an den Kellereingängen. Wir wußten bei den komischen Flugzeugtypen anfangs nicht, ob es Verbündete Kroaten, Rumänen oder Ungarn waren. Bis die ersten Bomben rauschten. Vom Luftdruck wurde alles in die Keller geworfen, Frauen, Kinder, Männer und Soldaten. Nach dem Bombenteppich war alles wieder draußen. Das Nachbarhaus war halb eingedrückt. Nebenan, wo drei Mann im rechtwinkligen Splittergraben gelegen hatten, klaffte ein tiefer Bombentrichter. Da wackelte die Erde und wie ein Maulwurf steckte Gerhard S. den Kopf heraus. Außer geplatzten Trommelfellen war ihm nichts passiert. Der Zweite war auch bald gefunden. Wo Josef Kupzik gelegen hatte, fingen die Russenfrauen an, mit den Fingern zu kratzen und wir mit. Zuerst kamen wir an die Beine. Mit Hauruck war er draußen, hatte blaue Lippen und fing bald wieder an zu atmen. Angeblich war in einem Keller ein Partisan mit einem Funkapparat entdeckt worden, der die Bombenangriffe leitete. Daraufhin wurden die Nachtwachen verstärkt. Es wurde an Verpflegung gespart und gab Darmkrankheiten in der Hitze trotz der täglichen Chinintabletten. Mich hatte es auch einmal erwischt. Jeder Löffel und jeder Bissen war nach wenigen Minuten durch. Nicht einmal Tee blieb im Magen. Neben der Schwäche waren da noch die starken Bauchschmerzen. Als Holzkohle auch nicht half, verordnete der Arzt Rizinusöl, damit die Därme wieder Schleim bekämen. Noch mehr Hunger hatte die Bevölkerung. Den Pan im Haus fragte ich, warum das zweijährige Kind so einen Ausschlag hätte. Da zeigte er sein Brot. Es schmeckte scheußlich und war Viehfutter, das beim Pressen von Sonnenblumenöl übrigblieb. Heimlich gab ich ihm von meinem wenigen etwas ab. Beim zweiten mal war das einem Kameraden aufgefallen, der hatte das dem Unteroffizier gemeldet und ich wurde verwarnt. In Taganrog sollte für ein Brot ein Bett mit Beischlaf zu haben sein. Aber der einfache Landser konnte nicht eine Scheibe einsparen. Ein krankes Pferd was tagelang im Fieber gelegen hatte und verwundet war wurde, soweit es nicht von uns selbst verwertet wurde, von den Leuten bis auf die Knochen und Därme weggeholt. Der Pan in unserem Quartiert legte sich so ein Stück Pferdefleisch auf den Hackklotz und hackte es mit der Axt geschickt klein, vermengte es mit Zwiebeln und bereitete ein Festmahl zu. Frauen packten große Stücke in Tücher und trugen es in der Hitze barfuß 15 Kilometer weit zur Stadt.

Bei Rostow

Wieder wurde schwer gekämpft. Über den Don sollte ein Brückenkopf geschlagen werden. Die Nebenarme im Überschwemmungsgebiet waren einige hundert Meter breit, 1,5 Meter tief und wurden so durchfahren. Ein Reiter vorneweg erkundete immer die Tiefe. Dabei passierte es dem Willi Ortmann, daß er ohne Hinterachse an Land fuhr, die war im Wasser verloren gegangen. Kampfspuren waren überall zu sehen. Da lagen Häuserruinen, beschädigte Fahrzeuge und Geschütze. Der Strom war über einen Kilometer breit, hatte eine ziemliche Strömung und war recht tief. Drüben war ein Sandstrand zu sehen, rechts davon Schilf, was Sumpf bedeuten konnte. Dahinter einige Häuser. Im Morgengrauen legte die Artillerie drüben eine Feuerglocke, in dessen Schutz setzten die ersten Stoßtrupps auf Motorbooten über. Sofort lag auf dem Wasser ein feindliches Sperrfeuer. Die hatten drüben anscheinend immer genügend Munition. Die erste behelfsmäßige Fähre, zwei Holzkähne mit einem Scheunentor, bekamen auf dem Wasser einen Volltreffer und waren verloren. Einige kamen drüben an, auch unsere beiden Geschütze waren glücklich übergekommen. Jetzt sollten die Pferde übergesetzt werden. Ein eben gefangener Russe sollte den sieben Meter langen Holzkahn rudern. Ich warf die Geschirre rein, setzte mich ans hintere Ende und hielt an jeder Hand ein Pferd am Halfter. Das klappte anfangs ganz gut. Nur der russische Soldat, ein Kerl wie ein Kleiderschrank, ging auf kein Gespräch ein und lehnte eine Zigarette ab. Die starke Strömung in der Mitte trieb uns aufs Schilf zu, wo weniger Granatwerferfeuer lag. Aber ob da Sumpf ist oder noch der Iwan? Für die Gäule war die Strecke zu lang. Sie schnauften und drohten abzusaufen. Mit aller Kraft hielt ich ihre Köpfe über Wasser. Der Fuchs und der Braune hatten Grund im Schilfgestrüpp. Ich warf ihnen das Geschirr über, schwang mich darauf und bedankte mich beim Iwan. Vom anderen Geschütz- und Reiterzug soffen über die Hälfte ab. Während der ganzen Überfahrt hatte ich Angst. Kniend mit den Pferden beschäftigt, war ich hilflos. Wenn der sture Kerl mit der finsteren Miene mir ein Ruder über den Schädel gegeben hätte... Solche Fälle gab es. Im Schilf lag auch weniger Granatwerferfeuer wie auf dem Sandstrand. Das Dörfchen war in unserer Hand. Dahinter auf einem vier Kilometer breiten Überschwemmungsgebiet wurde schwer gekämpft, mit viel Verlusten. An Hunger dachte kaum einer, nur der Durst in der Hitze, in der viel Schweiß floß, meldete sich. Das stehende Wasser in den Sumpflöchern war verführerisch. Aber kein erfahrener Landser trank es. Gegen abend hatten wir einen drei bis vier Meter hohen Steilhang erreicht. Er war senkrecht abgestochen als Panzerhindernis. Oben verteidigte der Iwan in einem ausgebauten Grabensystem. Im toten Winkel lagen wir einigermaßen sicher. Alles suchte Schutz an der Lehmwand. Man konnte auch schon Deckungslöcher graben. Jedoch in etwa 60 Zentimeter Tiefe drang Wasser ein, aber es stank nicht. Alles trank vorsichtig von der Lehmjauche auch der Arzt vom Verbandsplatz, der es hätte verbieten müssen. Eine Kompanie hatte sich schon oben etwas von den Grabenstellungen erkämpft. Da war ein Feld mit reifen Gurken. Die zu holen war lebensgefährlich. Einige, die flach und geschickt robben konnten, holten sich die Leckerbissen.

Nach einem schweren Trommelfeuer über Nacht machte der Russe im Morgengrauen einen Gegenstoß. Wir hatten über Nacht schon ein Geschütz hochgestämmt. Das mußte zurück und überschlug sich am Steilhang. An zwei Stellen war der Feind durch die erste Linie. Die schweren Waffen gingen zurück. Es gab Nahkämpfe in den Gräben. Unsere Artillerie griff ein. Weiße Leuchtkugeln zeigten, hier sind wir. Denn die Verbindung bei der Artillerie zum V.B. (Vorgeschobener Beobachter) war unterbrochen. Sternbündel, die besagten, daß der Feind angreift, wurden hochgejagt. Da sich noch einige in den Gräben hielten, saßen die ersten Einschläge der Artillerie in den eigenen Reihen. Rote Leuchtkugeln forderten, Feuer vorverlegen. Damit der Rückzug so ungedeckt nicht so viel Verluste brachte, wurden Nebelgranaten geschossen. Leuchtspurpatronen in den M.G. Garben, Mündungsblitze, Detonationen ergänzten das schaurige Feuerwerk. Ohrenbetäubende Detonationen, Granatenzischen, Stöhnen und Hilferufe der Verwundeten nach dem Sanitäter und Einsatzbefehle der Vorgesetzten vermischten sich mit Staubwolken und beißendem Pulverdampf zu einem grauenvollen Höllenspektakel. Der Fuchs vom anderen Geschütz bäumte sich auf und sackte in einer M.G.-Garbe zusammen. Auch der Mann, der ihn am Kopf führte. Im Laufschritt lief ich mit dem Braunen, holte das Geschütz von der nassen Wiese auf den Sandweg, den

Gaul immer in Feindrichtung. Wir hingen beide Geschütze aneinander, packten noch einen Schwerverletzten darauf und das stämmige Russenpferd schleppte alles die drei Kilometer bis zu den ersten Häusern. Schweiß und Schaum kleckerten von dem armen Tier, aber auf wen wurde Rücksicht genommen in solchen Lagen?

Im Dorf war Nachschub und Verstärkung über den Strom gesetzt und wir hofften auf Ruhe oder etwas Schlaf. Zuerst bekam der Wallach Wasser und Futter, dann flog ein Knüppel nach einer Henne und nach wenigen Minuten stand sie gerupft und ausgenommen auf dem Feuer. Wer sie vertilgt hat, weiß ich nicht. Es gab Mittagessen vom Vortag aus der Feldküche und zwei frische Pferde. Da vorne in den Gräben noch einige Tapfere hielten, wurde sofort ein Gegenstoß eingeleitet.

Abends hatten wir wieder die Linie vom Vorabend erreicht. Über Nacht verstummte das feindliche Feuer. Spähtrupps fanden keinen Widerstand. Auf der Straße wurde ein paar Stunden lautlos marschiert. Kein Schuß fiel. Ging das in eine Falle? Unser neuer junger aber schneidiger Zugführer war unvorsichtig. Rechts drüben ca. 80 Meter zwischen Bäumen standen Gestalten und bewegten sich geisterhaft im Mondlicht. Auch mit dem Nachtglas war nichts zu bestimmen. Alles nahm Deckung. Ein Spähtrupp arbeitete sich lautlos ran und lachte laut über die einzelnen Sonnenblumen in einem Rübenfeld. Sie hatten sich tatsächlich im Wind bewegt und bei den angespannten Nerven ließen sich 20 Mann bluffen. Im nächsten Dorf war wieder unheimliche Totenstille, außer etwas Hundegebell. Kein Licht, kein Mensch war zu sehen. Aus dem dritten Haus kam ein Überläufer und nach seinen Aussagen war der Ort feindfrei. Der Befehl kam rechts ran und Pause. Der Zugführer schickte mich zurück, die Munitionswagen nachholen. Erst habe ich geschimpft, denn das ist doch Aufgabe vom Meldereiter. Er hatte sich vor ein paar Wochen darum beworben, weil er Dienstältester Obergefreiter war. Aber er ließ sich nicht beeinflussen, der Kirch. Er hatte nicht das Orientierungsvermögen. Die anderen beneidete ich um den Schlaf und stieß heimlich Flüche aus. Am Straßenrand lagerten genug Landser. Vor Übermüdung waren sie gleich-

gültig und stur. Schließlich war doch einer auskunftbereit. Den Dienst-
grad konnte ich im Dunkeln nicht erkennen. Er sagte:" Reite noch
einen Kilometer zurück, linkerhand in einem Wäldchen lagert die Achte,
der haben die sich angeschlossen." So war es auch. Im flotten Schritt
und leichten Trab erreichten wir unseren Haufen und hatten noch
Zeit für den Rest der Nacht zum Schlafen. Eine volle Stunde schönen,
tiefen, festen Schlafes, ungestört am Wegrand. Alle anderen Wünsche
waren vergessen.

Am Asowschen Meer

Das Städtchen Asow war das Marschziel am nächsten Tag. Nach der
Mittagspause ging es noch ein Dorf weiter. Hier wurde das geschwächte
zweite Bataillon, dem wir unterstellt waren, zur Küstenbewachung eingesetzt. Die Häuser waren mit kräftigem Schilf gedeckt. Hof- und
Gartenzäune waren aus dem gleichen Material. Hauswände bestanden
aus sieben Zentimeter dickem Schilf, beiderseitig mit Lehm verputzt
und weiß gekalkt. Fünf Meter lange Garben standen bei den Häusern
und dienten als Brennmaterial. Brunnen suchte man im Ort vergeblich. Dafür war das Meer in der Nähe. Hinter den letzten Häusern war
eine 40 Meter hohe Steilküste und unten ein flacher Sandstrand. Eine
grob gepflasterte Straße führte im großen Bogen nach unten. Als Ab-
kürzung führte ein Fußweg durch eine steile Schlucht. Jeden Tag führten wir zweimal die Pferde zum Tränken und wuschen sie. Wir konnten baden und uns pflegen. Endlich waren wir die Läuse los. Die Frau-
en holten das Trinkwasser aus dem Meer mit den üblichen Schulter-
joch an dem zwei Eimer hingen. Manchmal legten Fischer mit belade-
nen Kähnen am alten Holzsteg an. Heimlich schwammen die Jungen
ran, um zu stibitzen. Wenn es den Männern zu bunt wurde, fluchten
sie und schlugen mit dem Tau dazwischen. Wie die Frösche sprangen
die splitternackten Bengel ins Wasser und bald tauchten ringsum kleine Köpfe auf. Für ein paar Zigaretten konnte man als Landser einen
schönen Fisch einhandeln. Die Wirtin kochte ihn fachmännisch auf

dem Herd. Die Herdplatte war im Sommer im Freien auf einem Lehmöfchen. Da blieb es im Haus angenehm kühl. Unter dem Dachfirst hatten Leute getrocknete Fische hängen. In einem Gespräch erfuhren wir, daß es am Strand Krebse gäbe. Am anderen Morgen tischte uns die Frau Krebse auf. Die Jungen hatten sie recht früh im Tau gefangen. An einer Stelle am Strand lagerte Natureis unter einer meterdikken Schicht Sägespäne. Es war für eine Brauerei in Asow. Ein Stückchen Eis im Eimer hielt das Wasser frisch und gab keinen Durchfall. Das Asowsche Meer hat Süßwasser. Wir lagen mit drei Mann in einem Quartier und hatten eine gastfreundliche Familie erwischt.

Manchmal wurden Gespanne zur Ernte eingesetzt. Das war eine Abwechslung, weil es einmal zivil zuging. Wir fuhren die Gerste zum Mähdrescher, wo drei Frauen die Garben auf das Tuch warfen. Obwohl gearbeitet wurde, ging es recht lustig zu. Die jungen Männer waren wohl meistens eingezogen. Urlaub und Todesnachrichten kamen bei denen nicht so schnell an. Anfangs konnte ich mit dem kleinen Panjewagen nicht viel laden. Ich wollte aber zeigen, daß ich als Fachmann eine schöne Fuhre laden konnte. Das war wohl etwas zuviel, denn kurz vor dem Mähdrescher schob die halbe Ladung ab. Der Kolchosvorsteher besorgte einen richtigen Erntewagen. Mittagessen gab es aus der Gemeinschaftsküche. Graupensuppe mit Fisch und Äpfeln, alles sauber und schmackhaft. Das Rauchen war bei der Dreschmaschine verboten. Aber jeder Russe raucht von klein an. Deshalb war gleich nebenan ein 70 Zentimeter tiefes Loch von zwei Metern Durchmesser ausgeschachtet, als Rauchsalon. Da saßen die Männer in den Pausen und drehten aus Zeitungspapier mit Machorka die Zigaretten. Mitten im Kreis stand ein halbes Blechfaß mit Wasser, in das die Kippen reinflogen. Wir saßen gemütlich dazwischen und hatten uns an Machorka gewöhnt. Vom feindlichen Denken und Fühlen war nichts zu spüren. Die Ukrainer besaßen unter Stalin sowieso nur ein Existenzminimum und erhofften sich nun wieder Privatbesitz und Freiheit in Religion und Presse, zumindest die Älteren. Das Gegenargument der Jugend war, Stalin hat die Schulpflicht eingeführt. Nach Feierabend hatte ich noch eine Meinungsverschiedenheit mit dem

Kolchosvorsteher wegen einem Eimer Gerste, den ich den Pferden füttern wollte. Er blieb unbestechlich. Er müßte alles der Wehrmacht abliefern. Ich mußte es zurückgeben. Feindberührung gab es selten, außer einigen Fliegerangriffen und etwas Beschuß von einem Kanonenboot, von der See aus. Lästiger waren die Appelle. Gelegentlich bauten wir Luftschlösser. Wir überlegten, daß das hier wohl ein Ort wäre, um in Friedenszeiten die Ferien zu verbringen, wenn wir den verdammten Krieg überlebten.

Urlaub 1942

Nach 20 Monaten sollte ich wieder einen Urlaubsschein erhalten.

Der Traum eines Landsers ging in Erfüllung. Mit sechs Mann fuhren wir mit dem Verpflegungswagen nach Asow. Am nächsten Morgen nahm uns ein leerer Kohlenkahn mit, der von einem Schlepper gezogen wurde. Eine herrliche Fahrt, ruhige See, keine Fliegen. Wir lagen an Deck, die Sonne ging auf und wir sahen in der Ferne die Küste von Taganrog. Die Häuser waren terrassenförmig angelegt, als ob sie aus dem Wasser wuchsen. Hier war ein paar Tage Aufenthalt, bis der Zug eingesetzt wurde. Sonntags sollte in einem Kino eine Messe stattfinden. Wir sahen aber nur einen schmächtigen Gefreiten von der Flak. Die hatten lockere Vorschriften und konnten im Gegensatz zur Infanterie in Hemdsärmeln gehen. Der zog aus der Hosentasche eine Stola, gab Beichtgelegenheit und feierte die Messe. Nachmittag war Theater. Die Schauspieler führten eine urwüchsige ländliche Liebesgeschichte mit einem lahmen Gemeindeschreiber auf. Auf dem Rücken des Dorftölpels wurde die Urkunde unterschrieben und beim Stempeldruck sackte der zusammen. Außer der breiten Steintreppe zum Meer hinunter haben wir nicht viel von der Stadt gesehen. Kampfhandlungen gab es nicht, aber die Bewohner hatten wohl Versorgungsschwierigkeiten.

Endlich stand der langersehnte Urlauberzug auf dem Bahnhof von Taganrog. Richtige Personenwagen Klasse 3 mit Bänken und Toiletten. Alle Bahnschienen waren auf die deutsche Spur umgebaut worden. Obwohl die Ukraine der dichtbesiedelteste Raum Rußlands ist, zogen endlose Weiten unbewohnten Landes an uns vorbei. Stundenlang habe ich auf der Plattform vom letzten Wagen gesessen. Selten war mal ein Dorf zu sehen Nur Felder, keine Kurven, keine Steigung. Scheinbar liefen die Schienen am Horizont ineinander. Manchmal war das Häuschen von einem Streckenwärter zu sehen, sonst nur das eintönige Rattata über jeden Stoß. Zwei Tage und Nächte dauerte die Fahrt über Charkow, Schitomir nach Przemysl. Dort wurde geduscht, entlaust und es wurde der Urlaubsschein ausgestellt. Ich hatte Urlaub vom 15.8.42 - 10.9.42. Je näher die Heimat kam, desto größer wurde die Spannung. Breslau, Glatz, Habelschwerdt, alles so dicht beieinander, nichts zerstört. Überall regten sich fleißige Menschen.

Nach der Begrüßung kam die Uniform mit sämtlicher Wäsche in den Waschkessel um auch das letzte Läuseei zu vernichten. Ein unbeschreibliches Gefühl, von den lieben Angehörigen verwöhnt zu werden. Ich war ein freier Mensch und konnte in zivil drei Wochen den Frieden genießen, Tag und Nacht. Dennoch lag auch hier der Schatten vom Krieg. Freunde, Schulkameraden waren als Soldaten eingezogen. Manche verwundet, einige als nicht mehr kriegsverwendungsfähig entlassen, manche gefallen. Wenn auch Lebensmittel auf Marken abgegeben wurden in den Dörfern gab es ausreichend Nahrung. Zur Arbeit waren Fremdarbeiter und gefangene Franzosen eingesetzt. Meistens hatten sie Familienanschluß, geregelte Arbeitszeit und wurden ärztlich versorgt. Aus Unerfahrenheit hatten wir auf der Bahnfahrt auf den Bänken sitzend geschlafen. Davon waren die Unterschenkel geschwollen. Es ging zwar bald zurück, aber es kamen Pickel und kleine Geschwüre. Ein willkommener Anlaß, den Arzt in Wölfelsgrund aufzusuchen, der den Urlaub um einige Tage verlängerte. Das Sanatorium im Luftkurort war als Lazarett eingerichtet, wo die Verwundeten wieder einsatzfähig gepflegt wurden.

Die schönen Tage waren schnell um. Auf dem Rückweg mußte die Lokomotive in größeren Städten mit Wasser und Kohlen gefüllt werden. In den Wartezeiten reichten Rotkreuzschwestern Tee oder Kaffee. Eine meinte, daß sie an der Stimmung der Landser merkt, ob der Zug nach Osten oder nach Westen fährt. Statt froh und ausgelassen, hingen viele ihren Gedanken nach. Wie würde es weitergehen? Kommt man nochmal wieder? Verheiratete, die Frau und Kinder hatten, nahmen den Abschied noch schwerer. Öffentliche Veranstaltungen wie Tanz gab es nicht. In Zeitungen, Radio und in der Wochenschau im Kino wurden nur Helden gezeigt, nicht die Wirklichkeit.

Zusammenbruch der Front

Als ich zurückkam war unsere Division nicht mehr in Asow, sondern auf dem Marsch nach Osten. Das war eine arme Steppenlandschaft. Die armseligen Lehmhütten der kleinen Dörfer bestanden aus nur einem Raum. Auch das Dach war aus 25 cm dickem Lehm. Wahrscheinlich gab es dort wenig Niederschläge. In jeder Hütte hauste eine Familie mit großen Fliegenschwärmen. Mangels Toiletten lagen die Brutstätten hinter den Häusern.

Das Marschziel wurde wieder geändert und wir erreichten unseren Haufen bei Boguschar, einem Badeort am Don, nicht weit entfernt von Stalingrad. Da gab es zwar keine festen Straßen, aber doch größere Häuser manchmal mit Terrassen. Dort machte der Troß Quartier. Wir zogen zwei Dörfer weiter. Eine italienische Armee hielt die Hauptkampflinie am Don besetzt. Es wurden deutsche Bataillone als Pfeiler dazwischen gesetzt. Das Dorf am Ufer war evakuiert worden. Dadurch hatte die Zivilbevölkerung keine Verluste. Spionage war nicht so leicht möglich und es konnte Baumaterial von den Häusern genommen werden. Es sollte eine Winterstellung werden, aber die Italiener hatten nicht viel gemacht. Mit preußischer Gründlichkeit ging es an die Arbeit. Laufgräben wurden angelegt, die Geschütze auf Sperrfeuerräume eingeschossen, und alles unter Tarnnamen: wie Anna, Elisabeth, Klapperschlange war die Feuerstellung und Erlengrund die B-Stelle. Sperrfeuerräume wurden mit Holzstäbchen an der Geschützscheibe markiert. Unser Erdbunker war die reinste Lebensversicherung. Er war zwei bis drei Meter tief, mit doppelter Balkenlage und einem Meter Erde abgedeckt. Die fünf Quadratmeter waren mit doppelten Schlafpritschen und einem Öfchen ausgestattet. Da über Nacht ständig fünf Mann auf Wache waren, konnten die restlichen sechs gemütlich schlafen. Auch die Mäuse fanden die Strohlager warm und gemütlich. Wenn so ein Haustierchen gerade unter dem Ohr zu knabbern begann, war es aus mit dem Schlafen. Wer nach Mitternacht, nach zwei Stunden frischer Luft das Erdloch betrat, brauchte erst eine Übergangsminute, um sich an den Mief zu gewöhnen. Aber die Parole lautete stinken kann es, Hauptsache es ist warm. Die Zusatzladungen waren kleine Pulverbeutel, die bei Kurzschüssen nicht gebraucht wurden. Diese wurden körnchenweise zum Feuer machen benutzt. Sie lagen an einem Lüftungsloch. Ahnungslos legte B. Amsel seine Zigarette dort ab und weil er sich umdrehte versengte ihm die Stichflamme nur den Hinterkopf. Wieder einmal kam Ersatz. 18 und 19-jährige, halbe Kinder. Darunter war einer, Seions mit Namen, der nicht gehorchen konnte. Als er während der Wache im Stall schlafend gefunden wurde, machte der Zugführer Meldung. Beim Kriegsgericht stand auf Wachvergehen vor dem Feind die Todesstrafe. Auf Grund seiner Jugend kam er aber zur Strafkompanie. Mit den Pferden war es vorne umständlich. Das flache Strohdach ließ den Regen durch und als das Laub von den Bäumen war, gab es zuviel Feindeinsicht. Die Pferde wurden ins nächste Dorf zurückverlegt, wo der Troß vom Bataillon lag. Wir hatten Privatquartier in einem Haus. Einen Raum bewohnten die Russen mit Frau und Kindern und im anderen waren wir vier Fahrer mit Heinz Remane, dem Schmied. Wir bauten auch zweistöckige Betten und gewannen Raum für einen Tisch. Ein luftiger Schuppen wurde mit Stroh abgedichtet und ein geschützter Stall gemacht. Es sollte ja Winterquartier sein, also wurde vorgesorgt. Neben der üblichen Zuteilung besorgten wir zusätzlich Futter zu unserem Schober. In einer Schlucht stand noch altes Gras, das wurde bei Frost schön gemäht. Auch ein Feld mit Roggen stand im Dezember noch auf dem Halm. Wegen Feindeinsicht konnten wir nur bei Nebel dort abmähen. Es waren immer noch ca. dreißig Prozent Körner drin, die sich die Pferde rausknabberten. Es gab die warmen Tarnanzüge, die sich bewährten, ebenso Filzstiefel mit denen man zwei Stunden im Schnee stehen konnte. Heinz Remane hatte sich in ein strammes Mädchen verliebt. Sie holte ihn jeden Abend ab. Da gingen die beiden erst einmal zum Strohschober.

Noch besser auf Amore verstanden sich die Italiener. Auch ihre Versorgungsfahrzeuge waren in der Nachbarschaft. Sie konnten selten Deutsch und wir verstanden kein Italienisch. So verständigten wir uns über die paar Wörter russisch. Die Soldatenpflicht nahmen sie nicht so genau. Die Russen ließen sie drüben am Donufer Wasser holen. Sie bauten auch die Stellung nicht so sicher aus. Als unser Kommandeur mit seinen italienischen Kollegen einen Kontrollgang machte, hatten sie eine M.G.-Stellung entdeckt ohne Besetzung. Am Abzug war eine Schnur gebunden, die in den Bunker führte. Drinnen saßen die Soldaten, spielten Karten und zogen gelegentlich an der Strippe.

Es war verdächtig ruhig an der Front. Sollte der Iwan warten, bis das Eis über den Fluß trug? Ganz in der Ferne war Kampflärm zu vernehmen. Ein Melder hatte aufgeschnappt, daß bei Stalingrad schwer gekämpft würde. Die feindliche Luftwaffe flog Großeinsätze. Solch große Geschwader hatten wir noch nie gesehen. Sonderzuteilung für Weihnachten wurde ausgegeben, obwohl noch einige Tage Zeit bis dahin waren. Das war etwas Wodka, 50 Gramm Schokolade und 50 Gramm Marmeladengebäck mit Sonnenblumenkernen. Mit vier Gespannen sollten wir Munition holen, aber 20 Kilometer hinter uns war schon alles geräumt. Diese unheimliche Ruhe vor dem Sturm. Wie endloser Gewitterdonner setzte über Nacht bei unseren Nachbarn ein Artillerieduell ein. Aus der Richtung Bogutchar hörten wir das erste mal die Stalinorgel. Mein Gott was für ein schauerliches Schauspiel. Dann sahen wir die geballten Feuerblitze und vernahmen die grauenhaften Huptöne beim Abschuß, denen etwa drei Sekunden lang ca.100 Einschläge von schweren Brocken in einem Kreis von 200 Metern folgten. Ob jemand diesen Feuerteppich überlebt? Der einzige Trost war, daß er noch vier Kilometer entfernt war.

Der Kampflärm verlagerte sich allmählich an uns vorbei nach hinten und wir saßen da vorne in der Patsche. Am späten Nachmittag kam der Marschbefehl zum Rückzug. Das Wort Rückzug wurde offiziell nicht gebraucht. Dort hieß es Frontverkürzung, elastische Kriegsführung oder Absetzbewegung. Im Landserjargon, gemäß dem Führerbefehl, geht der deutsche Soldat nie zurück. Er macht eine schneidige Kehrtwendung und marschiert vorwärts. Es ging nicht die Straße entlang sondern durch den tiefen Schnee Richtung Nordwest in der Hoffnung, daß da noch eine Lücke frei ist. Tag und Nacht wurde marschiert, Dörfer umgangen, durchgekämpft. Fahrzeugkolonnen der italienischen Armee standen Hals über Kopf verlassen dar, mit Geschützen, Munition und Treibstoff im Tank. Sogar die Verwundeten ließen sie liegen. Meistens erfroren sie in der ersten Nacht. Zu Tausenden schlossen sie sich unserem Regiment an. Das hatte anfangs noch die volle Stärke von ca. eintausend Mann. Marscherleichterung wurde befohlen. Alles was nicht unbedingt notwendig war, wurde weggeworfen. Die Verwundeten, Munition und Verpflegung, soweit noch welche vorhanden war, wurden mitgeschleppt. Als die letzte Granate verschossen war, wurden die Geschütze gesprengt und ich bekam Verwundete auf den Schlitten. Als einmal kein Durchkommen war, kam der Befehl, auseinanderziehen und alles vor. Unter schweren Verlusten ging es vorwärts. G. Birkhort war schon in Gefangenschaft und hatte dem Bewacher gesagt er friere, ob er etwas laufen könne. Dabei war er abgehauen. Ohne Atem, ohne Soldbuch und mit duchschossenem Kragen im Genick war er wieder hier. Zum Regiment waren noch vier Sturmgeschütze und eine Pionierkompanie gestoßen. Diese vier panzerähnlichen Raupenfahrzeuge waren wohl gut zur Verteidigung, aber wertlos ohne Betriebsstoff und Munition.

In einem großen Dorf wurde eingeigelt. Es bedeutete, daß nach allen Seiten hin verteidigt wurde. Es war der reinste Selbsterhaltungstrieb. Am anderen Tag lag die Ortschaft unter Granatwerfer und Artilleriebeschuß. Dem Nebel war es zu verdanken, daß keine Flieger angriffen. Der Kommandeur hatte noch Funkverbindung und so brachte die Ju 52 Versorgung. Es war hauptsächlich Verbandsmaterial und Munition für die Sturmgeschütze. Wegen dem Nebel flogen sie tief. So öffneten sich auch die Fallschirme nicht. Die zwei Meter langen Blechbehälter mit Panzergranaten schlugen auf dem gefrorenen Boden auf und detonierten beim Aufschlag. Die Wirkung war verheerend, da keiner Deckung genommen hatte. Kurz darauf, der hubartige Abschuß der Stalinorgel ließ allen das Blut in den Adern erstarren. Instinktmäßig lag alles auf dem Boden. Eingraben war nicht möglich. Schon krachte es ringsumher. Nach fünf Sekunden war die letzte Granate krepiert. Rauch und Pulverdampf drangen in die Nase. Das Wimmern und Jammern der Verwundeten vermischte sich mit den Rufen nach dem Sanitäter. Die Überlebenden versuchten zu helfen. Meinem Gespann war nicht viel passiert. Staub abschütteln, die zwei Patienten unter den Decken und die Pferde waren zu beruhigen. Ein Schimmelgespann, mit dem wir gern wegen der Tarnfarbe fuhren, hatte es erwischt. Ein Pferd wälzte sich im Blut, das andere versuchte mit den Vorderbeinen aufzustehen. Der Gnadenschuß erlöste sie von der Qual.

In einem größeren Haus war der Verbandsplatz. Da waren zwar auch keine Fensterscheiben mehr drin, aber es hatte ein Dach und einen Ofen. Die Italiener hatten keine Fahrzeuge für ihre Verwundeten. Sie betteten ihre Kameraden reihenweise auf etwas Stroh im Schnee vor einem Dach. In der Nacht versuchten wir mit vier Mann etwas zu schlafen. Die Decken wurden von den Verwundeten gebraucht, also legten wir uns ganz eng aneinander auf den Schnee. Nach zwei Stunden erwachte ich zähneklappernd vor Kälte. Nachdem überall etwas Ruhe eingekehrt war, versuchte ich Wasser aus dem Ziehbrunnen zu holen. Aber es war nur ein halber Eimer Lehmbrühe, die sich gesammelt hatte. Der Kopfverletzte sehnte sich nach Milch. Ich konnte ihm aber nur Schnee und eine Zigarette zwischen den Verband in den Mund schieben. Trotzdem prägten sich die beiden Rheinländer meine Heimatanschrift ein und wollten sich erkenntlich zeigen, falls wir überlebten. Es hatte leicht geschneit. Die Italiener lagen immer noch wie die Hasen nach der Treibjagd. Die meisten waren steif und starr und hatten ausgelitten.

Im Morgengrauen wurde ausgebrochen und weitermarschiert. Mitunter fand man Spuren von Kämpfen. So standen sich einmal Panzer gegenüber, die Rohre aufeinander gerichtet, einer mit unserem Balkenkreuz, der andere ein T 34 mit Sowjetstern, kampfunfähig und verlassen. Daneben im Schnee die deutsche Besatzung, nur mit dem Hemd bekleidet und mit eingeschlagenen Schädeln im Schnee.

Es war Weihnachten 1942. Eine freudige Überraschung wurde durchgesagt. Weil heute der 24. Dezember ist, soll der Koch Bohnenkaffee im Kessel kochen, der abends ausgegeben werden sollte, pro Mann einen Trinkbecher. Das wäre seit Tagen wieder was Warmes im Bauch. Weil ich während der kurzen Rast erst die Pferde und die Verwundeten versorgte, war der Kaffee längst ausgegeben. Der Koch zeigte mir den leeren Kessel, aber am Boden war noch ein Löffel voll. Also wieder ein Stück gefrorenes Brot in die Hosentasche, wo es nach Stunden auftaute. Das wurde mit bitterem Schnee gegessen. Über Nacht streiften wir ein Dorf. Im Glauben es sei feindfrei, wollten vier Mann im nächsten Haus Wasser trinken gehen. Sie wurden mit Machinenpistolen begrüßt. Heinz Remane und Amsel der Nachrichtengefreite konnten nicht mehr abhauen und fielen in dem Kugelhagel. Das Haus wurde umstellt und sechs Sowjetsoldaten gefangen genommen. Gefangene wurden zu solchen Zeiten nicht gemacht, wo sollten sie auch hingeliefert werden? Vom nächsten Offizier wurden sie verhört und der gab auch den Befehl zum Erschießen. Ich konnte das im Mondschein beobachten. Sie wurden seitwärts abgeführt und das Feuerkommando kam. Einer lief weiter und lief um sein Leben. Niemand schoß nach. Ob die anderen fünf tot waren wurde auch nicht kontrolliert. Ob alle genau gezielt hatten? Still und lautlos wurde weitermarschiert. Am nächsten Tag wurde in einem Dorf, das feindfrei war Rast gemacht. Die Verwundeten kamen in Häuser und sollten notdürftig versorgt werden. Kaum war der letzte im Panjehaus, hieß es fertigmachen und aufladen, es gehe sofort weiter. Es hatte sich herumgesprochen, daß die Sturmgeschütze bald keinen Sprit mehr hatten, unser einziger Schutz vor Panzern. In der folgenden Nacht stand die Kolonne verdächtig lange. Ich stapfte im Schnee nach vorne. Da war eine ausgefahrene breite Rollbahn quer zu unserer Marschrichtung. Nach dem dreckigen Schnee mußte da viel Verkehr gewesen sein. In der Ferne hörte man einen russischen LKW. Zigaretten aus und äußerste Ruhe wurde befohlen und befolgt. Nur die Italiener, die zu Tausenden führerlos hinterhertrottelten konnten nie schweigen. Die Lichter kamen näher und der Wagen wurde mit einer M.G.-Garbe gestoppt. Er hatte volle Benzinfässer geladen. Der Fahrer sagte aus, daß noch einer hinterher käme. Auch das klappte wieder. Das war ein Geschenk des Himmels.

Tschertkowo

Wir sollten zur Verstärkung zu einem Stützpunkt, der gehalten wurde. Tschertkowo hieß die Stadt, die verteidigt werden sollte. Die Verwundeten und Erfrorenen kamen erst einmal ins Lazarett und sollten mit der Ju 52 abgeholt werden, die auch Nachschub brächte. Leichte Erfrierungen hatten wir öfter. Daß sich die Haut an den Fingern, an Nase oder Ohren schälte. Waren die Zehen weiß und ohne Gefühl, so waren sie abgestorben, faulten und eiterten ab und mußten amputiert werden. Der Lufttransport klappte nicht, weil die Startbahn unter Beschuß lag. Das Lazarett war ein mehrstöckiges Gebäude, zum Teil ohne Fensterscheiben. Die armen Menschen lagen auf Stroh, ohne viel medizinische Versorgung. Darunter auch Paul Passon mit dem ersten Notverband. Ein Stück Holz und eine Seitengewehrscheide als Schiene. Der Eiter floß aus dem zerschossenen Schienenbein auf das Stroh. Er hatte viel Schmerzen und bat mich um eine Pistole oder den Karabiner. Diesen einzigen Wunsch konnte ich ihm nicht erfüllen, obwohl der Tod eine Erlösung für ihn gewesen wäre. Paul, der zuverlässige, hilfsbereit Kamerad. Er hatte uns von seiner tüchtigen Frau und seinen Kindern erzählt. Obwohl das mehrstöckige Lazarett mit der Rotkreuzfahne gekennzeichnet war, wurde es unter Artilleriebeschuß genommen. Der Iwan nahm keine Rücksicht. Nach einigen Tagen wurde in unserem Kompanieabschnitt ein Haus als Revierstube eingerichtet. Hier lagen unsere 24 Verwundeten wenigstens warm und wurden von einem Sanitäter betreut. Paul war nicht dabei. Wahrscheinlich kam er bei dem Artillerieüberfall ums Leben. Trotzdem grübelten wir darüber nach, ob wir ihm die Leiden eher hätten ersparen sollen.

Auch die Abwehrstellung war bald aufgebaut mit Schützenlöchern in dem hartgefrorenen Boden. Wir lagen am Bahndamm in einzelnen Häusern verteilt. Die Feldküche kochte wieder täglich. Mitten in der Stadt waren zwei Verpflegungslager, ein deutsches und ein italienisches. Also gab es öfter Nudeleintopf. Fleisch lieferten die verwundeten Gäule. Auch unser Hauswirt wußte ein Gespann Kaltblüter, die einen Volltreffer bekommen hatten. Er schaufelte den Schnee weg und hackte mit der Axt einen Brocken ab. Nachdem es zu Hause aufgetaut war, zog er das Fell ab und machte daraus ein Festmahl. Es fehlte nur an Gewürzen. Ohne Salz, Zwiebeln und Pfeffer schmeckt Pferdefleisch süßlich.

Die Italiener waren in einige Straßen verteilt und konnten kaum zur Verteidigung gebraucht werden, da sie keine Waffen hatten. Freiwillige wurden bei uns aufgenommen. Wir hatten acht Mann bei der Kompanie zum Teil Offiziere, die vorne mit Wache schoben. Die waren tüchtig und zuverlässig. Um Munition zu sparen war allgemeines Schußverbot. Nur bei einem Feindangriff durfte verteidigt werden.

Die Versorgung mit Munition und Medikamenten und der Abtransport der Verwundeten sollte über eine Luftbrücke geschehen. Die Ju 52 war wohl ein paar mal gelandet, wurde aber aus einem weißen Haus aus der Nähe unter Beschuß genommen. Unsere Kompanie lag den Nachmittag in Reserve und hatte den Befehl, das Haus zu nehmen. Meine Aufgabe war, den Sanitäterschlitten zu fahren. Breit ausgeschwärmt arbeitete sich die Infanterie am späten Nachmittag über das ca. ein Kilometer breite Schneefeld ohne Deckung. Bald setzte starkes Abwehrfeuer ein und es ging langsam voran. Weiter links setzten die Russen mit viel Kräften und mit schaurigen Uhrääh-Rufen zum Gegenangriff an. Hinter dem letzten Haus stand ich mit dem Schlitten. Wer wird wohl der Nächste sein? Atemlos kam der Sanitäter durch den Schnee und rief mir zu er habe drei Mann verbunden und vorne liege der Leutnant mit einem Kopfschuß. Auf meinen Einwand daß es Selbstmord sei, wenige hundert Meter vor dem feindlichen M.G. herauszulaufen sagte der, daß der Angriff nicht weiter gehe. Wir könnten nicht warten bis es dunkel würde und ich bekäme Feuerschutz. Also dann los in Gottes Namen, die Leine kurz, die Peitsche lang. Das Granatwerferfeuer war heftig aber ungenau. Unsere M.G. gaben kurze Feuerstöße auf die Fensterhöhlen von drüben. Außer ein paar Durchschüssen im Kasten war noch nichts passiert. Der bewußtlose Leutnant mit dickem Kopfverband war schnell aufgeladen. 50 Meter weiter lag der Nächste. Der half sich selber noch etwas mit den Armen. Da schrie der Sanitäter auf und hatte einen Beintreffer. Krampfhaft hielt er sich am Schlitten fest. Der Braune konnte nicht mehr, ein Vorderbein baumelte. Die Stränge durchschneiden und das Tier zur Seite drücken war Momentsache. Etwas Abstand hatten wir, aber der Sanitäter hatte sich auf den Kasten gezogen und einen Vierten brachten sie angeschleppt. Ob die Fuchsstute das schaffen würde? Sie blutete stark zwischen den Hinterbeinen. Ich führte sie am Kopf. Sie zog über alle Kräfte und der Schweiß kleckt als wir die Dorfstraße erreichten. Jetzt waren noch fünf Minuten zum Kompanie-Gefechtsstand. Nachdem alle Verwundeten ins Haus getragen waren, versuchte ich, den Fuchs nochmal auf die Beine zu kriegen, damit er nicht auf der Straße lag. Er hatte mehrere Wunden, stand nochmal auf und taumelte noch ein paar Schritte. Mit dem Gnadenschuß machte ich der Quälerei ein Ende. Erst vor acht Tagen hatte ich die Stute eingespannt, nachdem sie die Italiener stehen gelassen hatten. Der junge Leutnant kam wieder zu Bewußtsein. Tage später sah ich ihn mit einer Zigarette im Mund zwischen dem Kopfverband. Als später das Haus einen Volltreffer vom Granatwerfer bekam, was nur das Strohdach abdeckte, starb er, wahrscheinlich an dem Schock. Das weiße Haus wurde nicht eingenommen. Kein Verwundeter kam aus dem Kessel. Medikamente und etwas Munition wurden mit Fallschirmen abgeworfen.

Am anderen Morgen kam Josef Kupzik, der Futtermeister. Er sagte mir ich müsse mir wieder ein Gespann besorgen, wir würden gleich losgehen. Wieder einmal stand ich vor der Frage ob ich als Fahrer, der meistens ein großes Ziel bot und viel Arbeit hatte oder als Infanterist im Schützenloch weitermachen sollte. Es liefen genug herrenlose Pferde herum oder standen an den Strohschobern bei den Häusern. Bei einigen war der Eiter gefroren und bildete gelbe Eiszapfen am Fell. Das Einfangen war einfach. Man mußte nur am Brunnen mit dem Eimer klappern und sie kamen vom Durst geplagt angelaufen und bettelten. Oft mußte man die armen Viecher wegscheuchen, denn Wasser war knapp. Zu Mittag hatten wir zwei struppige kleine Braune. Die wollte ich gut pflegen. Hafer gab es satt aus dem Verpflegungslager. Tag und Nacht standen sie alarmbereit im Geschirr. Es kam vor, daß sie früh morgens, nachdem sie das Wasser aus dem Eimer zwischen den Eisstücken geschlürft hatten, Schüttelfrost bekamen. Dann wurde eine Runde Galopp gefahren.

Der Hauptverbandsplatz war in der Stadt in einem großen Kartoffelkeller eingerichtet. Vor dem Eingang lagen Baumstämme als Splitterschutz. Unten ging es zu wie im Schlachthaus. Tag und Nacht wurde operiert, amputiert und verbunden. Eine russische Ärztin arbeitete dort genauso über ihre Kräfte, wie die deutschen Kollegen. Auch verwundeten Zivilisten wurde geholfen. Ich habe selber einmal eine Frau dort hingebracht. Sie war so deprimiert und hoffnungslos, daß ich ihr immer wieder gut zureden mußte. Es war nicht einfach, jemanden zu finden, der mit abladen half. Aber sie war wenigstens in der Nähe des Verbandstisches. Was für ein Widersinn! Draußen ein wahnsinniges gegenseitiges Vernichten und in dem Kellerloch wurde ohne Unterschied geholfen.

Der Heldenfriedhof war ein Massengrab. Ein Meter fünfzig tief, zwei Meter breit und ca. fünfzig Meter lang. Schulter an Schulter lagen die, die nicht mehr von Schmerzen, Kälte, Hunger, Läusen oder Angst gequält wurden. Russische Männer schaufelten den Erdauswurf gleich auf die Toten. Als ich das letzte mal dort einen Toten ablieferte, er war in einer Decke verschnürt, steif gefroren und wog keine fünfzig Kilogramm, da war bereits das vierte Grab in Arbeit.

Ein paar T 34 griffen an. Die Landser ließen sich überrollen, totschießen, aber gingen nicht zurück. Der zweite Zug sollte vor Tagesanbruch abgelöst werden, weil es tagsüber wegen Feindeinsicht auf der freien Fläche zu gefährlich war. Da der Reservezug aber anderweitig zur Verstärkung gebraucht wurde, mußten die armen Kerle 20 Stunden in den kalten Löchern liegen. Auf Knien und Ellebogen gestützt machten sie Bewegung gegen die Kälte. Nachrichten gab es nicht. So wußten wir auch nicht, was südlicher in Stalingrad los war. Der nächste Stützpunkt sollte 30 Kilometer entfernt sein. In klaren Nächten war Mündungsfeuer zu sehen. Einmal hieß es, wir müßten solange halten, bis bei Charkow eine neue Front aufgebaut ist, dann würden wir herausgeholt. Ungestört schaffte der Feind pausenlos bei Tag und Nacht Material heran. Manche verloren die Nerven, erschossen sich selbst oder versuchten bei Nacht und Nebel einen Ausbruch, was sehr gefährlich war. Oberfeldwebel Hötzel war zum Leutnant befördert worden und bekam eine andere Kompanie. Die Offiziersmütze hatte er schon lange im Gepäck aber unter diesen Umständen war kein Grund und keine Gelegenheit zum Feiern. Die letzte Post gab es Mitte Dezember und allmählich hatten wir Mitte Februar 1943.

Ausbruch aus Tschertkowo

An einem Nachmittag im Februar 1943 kam der Befehl zum Durchbruch. Über Nacht sollte es losgehen. Spähtrupps hatten eine schwache Stelle entdeckt. Das Allernotwendigste wurde mitgenommen: Verwundete, die nicht laufen konnten, Munition und etwas Verpflegung. Ein Stoßtrupp brach durch. Die Seiten, von denen viel Strichfeuer herkam, wurden etwas gesichert. Anschließend folgten die Schlitten und zum Schluß die notdürftig ausgerüsteten Italiener. Es gab wenig Verluste. Zwei Verwundete lagen im Schnee. Ein verantwortungsloser Fahrer war mit der Ladung umgekippt und hatte die zwei liegen lassen. Auf meinem Schlitten war kein Platz. Um ihnen nicht den letzten Mut zu nehmen, vertröstete ich sie auf die nachfolgenden Schlitten, die jedoch nicht mehr kamen. Das erste Bataillon war am nächsten Morgen von T 34 überrollt worden. Es war ein grauenhaftes Bild. Wie man eine Fliege zertritt, so lag zerquetschtes Fleisch von Pferden und Menschen mit Decken und Holz vermischt. Ein Stukaverband kam zu Hilfe und griff die Panzer aus der Luft an. Nach Gewaltmärschen tauchte nach der dritten Nacht ein Dorf am Horizont auf. Aus ihm kamen Panzerspähwagen ausgeschwärmt auf uns zu. Kein Schuß fiel. Mit dem Fernglas war noch kein Stern oder Kreuz erkennbar. Deckungsmöglichkeiten waren nicht vorhanden in der endlosen Schneewüste. Es war eine SS Einheit, die uns entgegenkam. Sie gaben uns etwas warmes zu essen und übernahmen die Verwundeten. Als einer von uns Wasser aus dem Brunnen holen wollte verwiesen sie darauf, daß dies die Arbeit vom Pan sei. Die gingen nicht so höflich mit den Leuten um wie wir. Auch am folgenden Tag und in der Nacht wurde marschiert mit dem beruhigenden Gefühl, nicht mehr eingeschlossen zu sein. Die Italiener gingen weit auseinandergezogen. Ich ging neben dem Schlitten her und war im Gehen eingeschlafen. Dabei war mir die Leine aus den Händen gefallen, unter die Kufen gerutscht und hatte die Pferde zurückgezogen. Hötzel lag auf dem Schlitten und wurde wach, als ich die Leine durchschnitt. Eine schlaflose Nacht ist zu verkraften. Aber auf die Dauer braucht man wenigstens zwei Stunden intensiven Schlaf. Drei Tage ganz ohne Schlaf kann vielleicht ein älterer Mensch aushalten, ein Junger schläft im Stehen ein. Am vierten Tag bezogen wir in einer größeren Ortschaft Quartier. Wir konnten schlafen, uns waschen, die verlauste Wäsche kochen, uns rasieren. Wir fühlten uns wieder wie Menschen.

Die Italiener, die überlebt hatten, kamen zurück in die Heimat, die Glücklichen. Wir erhielten wieder ein Geschütz und kamen zum Einsatz. Es waren mehr Rückzugsgefechte. Und wir waren alte Kamaraden, auf die man sich in größter Gefahr verlassen konnte. Die Pferde hatten in Tschertkowo Granatsplitter abbekommen, aber Josef Kupzig besorgte immer wieder Ersatz. Gleich in der ersten Nacht hatten wir Feindberührung. Aus einem Dorf kam heftiges Abwehrfeuer. Es wurde nur verteidigt. Weil ich am Geschütz mit aushelfen mußte und das Feldtelefon nicht gebraucht wurde, blieb der Nachrichtenmann Franz Schlegel bei den Pferden. Franz war Buchhalter von Beruf. Er wurde bei Fremdwörtern und Kreuzworträtseln um Rat gefragt. Bei praktischen Arbeiten war er eine Niete. Er war willig und gutmütig weshalb ihm immer wieder verziehen wurde. Bei jenem Einsatz war seine wichtigste Aufgabe die Bewachung des organisierten Marmeladeneimers. Du setzt dich darauf, hatte ihm Erwin Krain eingeschärft und läßt keinen Fremden ran. Wie trotzdem die Hälfte abhanden kam, war unerklärlich. Beim Verhör am anderen Tag gestand er, daß einer kam und behauptete er gehöre zu uns.

Unter den Verwundeten jener Nacht war auch Leutnant Hötzel mit einem Bauchschuß. Mit Verbinden in der finsteren, eiskalten Nacht war nichts zu machen. Paul Ebert hatte ihn auf dem Schlitten. Noch bei vollem Bewußtsein konnte ihm Paul zureden, daß er bald verbunden wird und daß wir ihn nicht alleine lassen. Die Schmerzen konnte er ihm nicht nehmen. Noch vor dem Morgengrauen ist er gestorben. Paul hat ihm Soldbuch, Uhr und Notizbuch abgenommen und in den Schnee gelegt. Zum Beerdigen war keine Zeit und Gelegenheit. Das Dorf wurde wie üblich mühsam durch den Schnee umgangen. Das erste Gespann hatte es am schwersten.

Endlich kam der Marschbefehl zurück zur Neuaufstellung. Außer ein paar Fliegerangriffen wurde ohne Feindberührung bei Tag marschiert. Erwin Krain und Gerhard Richter saßen gelegentlich auf der Lafette. Das Geschütz war auf dem Schlitten, also ein leichtes Fahren. Die beiden rauchten wie die Schlote. Woher sie den Karton Zigaretten organisiert hatten, weiß ich nicht. Jedesmal, wenn sie eine ansteckten, bekam ich automatisch einen Glimmstengel zwischen die Lippen geschoben, brauchte nicht die zwei Paar Handschuhe ausziehen und konnte Leine und Peitsche halten. Zur Kontrolle sammelte Erwin die leeren Schachteln. 64 Zigaretten hatte ein Mann pro Tag verqualmt. Beim Atmen pfiff es in der Lunge. Aber die Tage waren lang und wer nahm damals schon Rücksicht auf seine Gesundheit? Wir gehen sowieso kaputt.

Neuaufstellung

In einem großen Dorf am Dnjepr bekamen wir ein gutes Quartier. Erfrierungen ersten Grades hatten die meisten gehabt. Da schälte sich die Haut an Nase, Ohren, Zehen oder Händen. Erfrierungen zweiten Grades waren leichte Wunden, die in nahen Feldlazaretten auskuriert wurden. Bei Erfrierungen dritten Grades waren die gefühllosen Zehen schwarz und blau. Da hieß es Rückkehr Richtung Heimat zum Amputieren. Die Weihnachtspäckchen und Briefe vom letzten Vierteljahr lagen hier für die Kompanie. Von 135 Mann waren etwas über 30 übrig geblieben. Päckchen von Gefallenen und Vermißten wurden geöffnet, Briefe und Wertsachen gingen zurück an den Absender, oft mit dem Vermerk, gefallen für Großdeutschland. Das Weihnachtsgebäck schmeckte auch in der Fastenzeit. Wer etwas über Vermißte und Tote wußte, wurde befragt. Aus den drei Regimentern der Division wurde ein Regiment gemacht. Ausgeheilte Leute von der Genesungskompanie und junge Unerfahrene kamen. Wir bekamen auch einen neuen Kompaniechef, Hauptmann Lamsche, der frischen Schwung bringen wollte. Ein Transport schöner Pferde aus der Heimat rollte an, viel zu schade für den grausamen Krieg. Ich suchte mir zwei braune Oldenburger Walache heraus. Josef Kupzig war wieder Futtermeister, ein prima Vorgesetzter und Kamerad. Neue Fahrzeuge, Geschütze und Munition wurde jenseits vom Dnjepr in Krementschuk geholt. Die neu errichtete, über einen Kilometer lange Holzbrücke wurde ständig von der Flak bewacht. Brücken sind immer heiß umkämpfte Objekte. Auf einer Tafel standen die Namen von ca. 30 Pionieren, die beim Brückenbau gefallen waren.

Vor der Brücke war ein großes Gefangenenlager. Von der Straße war nur der drei Meter hohe Bretterzaun mit den Wachtürmen zu sehen. Die Leute erzählten, daß die Gefangenen Hunger hätten. Einmal sah ich, wie Frauen in Körben Essen hinbringen wollten. Sie wurden am Tor vom Posten zurückgewiesen. Einer hatte gesehen, wie eine Fuhre Pferdefleisch hereingefahren wurde. Das machte nachdenklich. Wie oft kamen Überläufer mit dem Flugblatt in der Hand, auf dem ihnen gute Behandlung versprochen wurde. Wir dachten an die Lautsprecher in Tschertkowo, die wie Geisterstimmen über die Hauptkampflinie plärrten und zum Überlaufen aufforderten. Auf Flugblättern waren sogar die Verpflegungssätze angegeben. Frauen und weiche Betten erwarten Euch, stand auf einem. Besser lebten die Hilfswilligen. Sie waren beim Troß oder bei Munitionskolonnen oft als Fahrer eingesetzt. Sie hatten sich freiwillig zum Dienst bei der Wehrmacht gemeldet, waren zuverlässig und bekamen gleiche Verpflegung und Geld wie wir. Sie kamen nicht aus Idealismus sondern wollten den Krieg überleben, wie wir. Weil in dem Dorf keine Kolchose war, kamen die Tiere in Privatställe. Unser Nachbar wollte das verhindern. Er war nicht daheim und hatte ein schweres Vorhängeschloß an der Tür angebracht. Mit der Spitzhacke zogen wir vorsichtig die Haspe heraus und stellten die Rösser in den Stall. Er schimpfte als er vor vollendeten Tatsachen stand und untersuchte ungläubig das unbeschädigte Schloß. Unsere Quartierleute hatten ein Stück Acker. Ich wollte es umpflügen, was jedoch verboten war. Es lag etwas abseits und war nicht leicht einzusehen. Mitten in der Arbeit kam der Futtermeister. Er drehte sich um und tat so, als hätte er nichts gesehen. Die Quartiersleute wuschen uns dafür die Wäsche. Das Verhältnis zur Zivilbevölkerung war gut. Nach Feierabend saßen wir manchmal in irgend einem Haus. Da wurde erzählt und gesungen. Die von soviel Leid geplagten Menschen liebten Stalin ebenso wenig wie Hitler. Wenn mal ein Brief kam von einer Tochter, die dienstverpflichtet in Deutschland war, so mußten die Schulkinder vorlesen. Die Alten hatten vor der Oktoberrevolution keine Schule besucht. Die Älteren beteten vor den Heiligenbildern in den Glaskästen, die in vielen Wohnungen hingen. Kirchen, soweit sie noch standen, waren zweckentfremdet als Ställe oder Lagerräume. Die Wehrmacht empfahl, die Religion nicht zu behindern, aber auch nicht zu fördern.

Es gab viel Dienst, Sachen und Material wurde gepflegt. Nochmal kam ein kleiner Trupp vom Ersatzbataillon. Einige hatten sich sogar freiwillig an die Front gemeldet. Nicht weil sie Sehnsucht nach dem Heldentod hatten, sondern weil ihnen der Dienst und die Schikane da hinten zum Hals heraus hing. Ausbilder, die unbedingt da hinten bleiben wollten, waren angeblich Angeber und Arschkriecher. Wie hieß es doch so schön in dem einen Lied... Im Feld, da ist der Mann noch was wert...

Wieder am Donez

Nach wenigen Wochen war das Regiment wieder einsatzbereit. Mit der Eisenbahn ging es nach Slawjansk. Über Nacht wurde ausgeladen und nach Nikolaiewka marschiert. Die Hauptkampflinie verlief 15 Kilometer weiter am Donez. Über Nacht wurde dort die Stellung übernommen. Der Fluß war unübersichtlich, kurvenreich mit Schluchten und Laubwäldern. Die Einfahrt war schwierig. Es ging steil bergab und die neuen Bremsklötze aus hartem Eichenholz quietschten und hätten uns verraten. So mußten die Gäule die Protze mit dem Geschütz halten. Die Geschützbedienung baute einen Bunker mit doppelter Balkenlage und viel Erde darauf. Er bekam später einen Volltreffer, der die ein Meter dicke Erdschicht wegputzte. Unter dem niederprasselnden Kalkstaub passierte den Leuten jedoch nichts. In dem unübersichtlichen Gelände war viel Kleinkrieg. Der Spähtrupp, ein Stoßtrupp und ein vorgeschobener M.G.-Posten wurden über Nacht lautlos vom Iwan kassiert, ohne daß es die Nachbarn merkten. Daraufhin wurde auf unserer Seite über Nacht eine Pak am Vorderhang gut getarnt in Stellung gebracht. Bei Tagesanbruch wurden drüben die M.G.-Nester ausgeräuchert und ehe das Abwehrfeuer einsetzte, wurde das Geschütz wieder abgezogen. Die Protzenstellung war 15 Kilometer weiter zurück in Nikolaiewka. Gut verteilt und getarnt standen die Pferde unter den Bäumen.

In dem großen Dorf war auch der Troß mit Schreibstube, Küche, Schmied und Sattler neben der Kompanietruppe untergebracht. Ostern ist in der Ukraine ein großes Fest. Die Leute zogen ihre besten Kleider an und wir feierten mit. Vor Sonnenaufgang machten wir einen Osterritt. Die Tiere mußten bewegt werden. Außer Munition und Verpflegung ranschaffen und Futter holen war nicht viel zu tun. Die Felder wurden unter deutscher Verwaltung bestellt. Ein Landwirtschaftsführer, unter uns auch Kartoffelleutnant genannt, wohnte gegenüber in einem Haus. Teilweise war den Leuten wieder Land zugeteilt worden zur selbständigen Bewirtschaftung. Das machte einen positiven Eindruck. Leider fehlte es an Maschinen. Der Landwirtschaftsführer hatte befohlen, daß die Kühe eingespannt wurden. Zwei Frauen führten vier Kühe, die einen Pflug zogen. Bei den mehrere Kilometer langen Feldern kamen sie einmal hin und zurück am halben Tag und zogen eine flache Furche. Aber die Leute hatten zu essen und waren zufrieden. Unser Hauswirt, ein junger Treckerfahrer baute sogar ein neues Haus. Die Wände wurden aus armdicken Knüppeln gebaut und beidseitig mit Lehm verschmiert. Er wollte sich ein Pferd ausleihen zum Lehm kneten. Das war eine schwere Arbeit und die Tiere kamen dabei ganz schön ins Schwitzen. Das machte keiner ohne Genehmigung und die gab es nicht. Einmal ging ich über Nacht vor dem Gespann her und brachte Munition raus. Da hatten doch die Infanteristen einen Laufgraben quer über den Weg angelegt. Ahnungslos trat ich in das ein Meter vierzig tiefe Loch. Ein schmerzhafter Bluterguß im Knie war die Folge. Der Sanitäter pinselte es mit Jod ein und hinkend wurde weiter Dienst gemacht.

Die Schwester von unserem Hauswirt, die Katja, war eine hübsche, energische 22-jährige Lehrerin. Sie war mit einem Flieger verlobt und wartete auf seine Rückkehr. Sie wollte ihre Deutschkenntnisse verbessern und unterhielt sich darum gern. Sie war nett und freundlich, wollte aber als überzeugte Kommunistin keine dicke Freundschaft mit Deutschen haben. Paul Ebert der russisch lesen und schreiben wollte, um nach dem gewonnenen Krieg einmal im Osten tätig zu sein, fand in ihr einen guten Gesprächspartner. Einmal bat ich eine Frau um einen Anker. So ein handgroßes Gerät war fast in jedem Haus. Mit ihm konnte man mit etwas Geschick den abgesoffenen Eimer aus dem Brunnen fischen. Weil sie nur mit ne ponje mai antwortete schimpfte ich sie an: „Du Ziege weist genau, daß ich einen Anker haben will. Da antwortete sie auf deutsch:" Ach, sie wollen einen Anker?" Da wurde ich verlegen. Es war die Dolmetscherin vom Kartoffelleutnant. Einmal hatten Kinder mit Munition gespielt. Dabei war eine Granate explodiert. Ein Junge wurde dabei getötet, ein anderer schwer verletzt. Die Mütter weinten und schrieen laut. Die Nachbarn brachten von der Bettpritsche je ein Brett für den Sarg.

Urlaub 1943

Es gab wieder Urlaubsscheine und der Obergefreite Kuschel durfte sich einen abholen. Zu allen Formalitäten gehörte auch eine ärztliche Untersuchung. Der Arzt stellte Krätze fest. Wir putzten die Pferde mit nacktem Oberkörper. Der Pferdestaub hatte sich unter den Gürtel gesetzt und kleine Bläschen gebildet. Nach einer Einpinselung waren sie acht Tage später wieder verschwunden. Der Arzt behandelte auch die Zivilisten. Manchmal waren unter den Patienten mehr Frauen und Kinder wie Soldaten. Ausgestellt wurde das wertvolle Papier vom 17.06.43 bis zum 08.07.43. Dieses Mal hatten wir aus der Erfahrung gelernt und legten uns über Nacht flach auf die Holzbänke, den Fußboden und ich hatte eine viereckige russische Feldplane zwischen die Gepäcknetze gebunden und schlief wie in einer Hängematte, zusammengeringelt wie eine Schlange. Daheim gab es ein freudiges Wiedersehen. Als Erstes wurde die Uniform ausgezogen und landete im Waschkessel. Ich war wieder Zivilist für 21 Tage. Zwar war mein Bruder Ernst zu Hause, der unseren alten Vater unterstützen konnte, aber Ernst war schwerverwundet und ging an einem Stock. Die Zeit verging sehr schnell. Verwandte und Bekannte wollten besucht werden. Auch der Vater von Leutnant Hötzel in Schönfeld hatte eingeladen. Dieser schwere Gang wurde bis auf den letzten Tag verschoben. Wie schonend sollte man die Wahrheit sagen? Er zeigte mir gleich die handgeschriebene Todesnachricht vom Regimentskommandeur. Da hieß es, daß sein Sohn an der Spitze seiner Kompanie bei einem erfolgreichen Durchbruch den Heldentod fand und sofort tot war. Er stellte Gott sei Dank keine weiteren Fragen. Das Bewußtsein, einen heldenhaften Sohn als Offizier zu haben, linderte seinen Schmerz und war angenehmer wie die grausame Wahrheit. Es gab schon viel Gefallene im Dorf. Die Menschen beteten um Frieden und hofften auf ein Kriegsende.

Das Hufeisenwäldchen

Ich kehrte nach Nikolaiewka zurück. Auch auf diesem Heldenfriedhof hier sah ich viele neue Gräber mit Stahlhelm und Birkenkreuz. Die Katja hatte ihrer Mutter im Streit den Daumen halb abgebissen. Der Doktor hatte ihn dick verbunden. Heinrich G. war ausgeheilt vom Ersatzbataillon aus Mährisch-Schönau zurückgekommen. Dort hatte er ein sogenanntes Bratkartoffelverhältnis. Sie schrieb ihm glühende Liebesbriefe. Auch seine Frau und Kinder schrieben, Papa komm zurück. Verzweifelt, mit der Absicht sich zu erschießen, fanden wir ihn früh um drei Uhr mit dem Karabiner auf einer Deichsel sitzen. Das war eine der vielen Ehen, die der Krieg zerstört hat.

Wenige Tage nach der Ankunft hörten wir über Nacht ein unheimliches Grollen und Rollen, wie mehrere Gewitter auf einmal. Im Morgengrauen war 20 Kilometer westlich von uns eine riesige Staubwolke am Horizont zu sehen. Das Trommelfeuer hielt den ganzen Tag an. Daß nur der Iwan soviel Munition zur Verfügung hatte und zu einem Großangriff angesetzt hat, war jedem von uns klar. Am Nachmittag kam der Befehl, Fertigmachen zum Stellungswechsel. Nach zwei Nachtmärschen waren wir an der Staubwolke, einem hufeisenförmigen Waldstück. Ein Brückenkopf über den Donetz sollte bereinigt werden hieß der Auftrag schonend. Das Regiment, das abzulösen war, war fast aufgerieben. Wir waren noch nicht in Stellung, als eine Salve der Stalinorgel die ersten Verluste brachte. Von allen Waffen unterstützt, stürmte der Feind gegen die deutsche Linie. Die russischen Munitionsvorräte schienen unerschöpflich zu sein. Neu waren die Granatwerferüberfälle. Wahrscheinlich hundert dieser Werfer aller Kaliber wurden auf eine Fläche von hundert Quadratmetern konzentriert.

Bei einem Stellungswechsel lag einmal ein von Schüssen durchsiebter Soldat am Wegrand. Als wir eine Stunde später vorbei kamen, hob der vermeintliche Tote den Kopf. Unterstützt wurde unsere Verteidigung damals noch durch die Luftwaffe. Wenn die Stukageschwader unter Sirenengeheul die todbringenden Lasten abkippten, dann war von drüben kein Schuß mehr zu hören und wir spürten bei uns den Luftdruck. Damit nicht die eigenen Stellungen getroffen wurden, gingen immer sofort Leuchtzeichen hoch. Unser Zugführer, Feldwebel Ham verbrannte sich aus Unachtsamkeit mit der Leuchtpistole drei Finger. Er war Offiziersanwärter und schimpfte sich selber über das Mißgeschick aus. Auch wendige kroatische Doppeldecker waren auf unserer Seite. Unsere Protzenstellung war 50 Meter neben der Feuerstellung unter alten Eichen. Beim ersten Granatwerferüberfall bekam Paul Ebert einen Oberschenkeldurchschuß. Auftreten konnte er nicht mehr, so brachte ich ihn mühsam zum Verbandsplatz. Paul hatte in jeder Lage Humor und meinte trotz der Schmerzen, daß es ein feiner Heimatschuß sei, den er sehr langsam auskurieren werde. Ich sollte es aber niemandem weitersagen. Kaum war ich wieder oben in unserem zwei Spatenstich tiefen Loch, als der nächste Feuerzauber einsetzte. Ringsum detonierten die Granaten. Wie Hagelkörner sausten die Splitter durch die Luft. Ganz klein in die Ecke des Erdlochs drücken und beten war alles, was zu machen war. Von unserem Vierergespann war ein Pferd leicht verletzt worden, eines kam zur Veterinärkompanie und zwei mußten erschossen werden. Die Zeltplane, die als Sonnenschutz über dem Loch diente, war durchlöchert und vom Luftdruck zusammengefallen. Die Protzenstellung wurde zurück in einen schönen Wald verlegt. Dort gab es einen Brunnen in der Nähe mit gutem Wasser, was die armen Kerle da vorne in der glühenden Hitze im Kalkstaub so vermißten.

Der Nachschub von Munition und Verpflegung und die Verwundetenbetreuung wurde auf die Nacht verlegt. Vorne gaben die Leuchtkugeln ein schwaches Licht. Wir fuhren vierspännig den schmalen Waldweg zwischen den Bäumen. Es war nicht einfach, denn man sah buchstäblich keine Hand vor den Augen. Nur mit der Peitsche mußte einer vorneweg gehen und wie ein Blinder die Bäume fühlen. Wurde bei Tag vorne etwas benötigt, so war das immer ein Himmelfahrtsunternehmen. Die ersten hundert Meter hinter dem Waldrand war Feindeinsicht. Der Russe hatte ganze Batterien darauf eingeschossen. Der Hohlweg durch die Schlucht war nicht mehr einzusehen. Aber dort detonierte alle vier Minuten ein schwerer Brocken. Hufeisenförmig um die Schlucht auf der Höhe war stellenweise Wald, daher der Name Hufeisenwäldchen.

Das zweite Geschütz hatte einen Treffer abbekommen und mußte sofort zur Werkstattkompanie. Gerhard Zemelka auf den Vorderpferden im Sattel und ich auf dem Bock. Wir fuhren die Stangenpferde mit Kreuzleine, um den Bremser einzusparen. Vom Waldrand aus über die freie Fläche kamen wir im Galopp, bevor das Feuer einsetzte. Die schwere Artilleriegranate in der Schlucht krepierte gut 100 Meter seitwärts. Gerhard ließ noch seinen Stahlhelm oben. Sofort nach der Detonation hieß es schnell durch die Schlucht. Das klappte auch. Auf der freien Fläche kam sofort der Artillerieüberfall. Die Einschläge saßen ziemlich genau auf dem Weg. Nach links ausbrechen, übers Trichterfeld, das vor Tagen noch eine Wiese war und im Galopp darüber weg, war Sekundensache. Die schützenden Bäume erreichten wir mit Not. Gerhard Zemelka blutete stark am Hinterkopf, aber wahrscheinlich war es nur ein Streifschuß. Mein Handpferd hatte ein Loch zwischen den Rippen, aus dem bei jedem Atemzug hellroter Blutschaum quoll. Es wurde ausgespannt und hinten angebunden. Nach einigen Minuten brach es zusammen und wurde erschossen. Bei der wilden Flucht hatten sich die Feldkabel um die Räder gewickelt. Das bedeutete wieder für manche Nachrichtenleute Kabel reparieren, was mitunter sehr gefährlich war. Die 25 Kilometer zur Werkstatt bedeutete eine Erholungspause für drei Tage. Unterwegs erwischte uns eine Streife der Feldgendarmerie, wie wir Hafergarben vom Feld für die Pferde holten. Nachdem wir uns mit dem Unteroffizier unterhielten und ihm die Lage schilderten, daß der Russe wahrscheinlich diesen Hafer ernten wird, ließ er uns weiterfahren. Wir machten sogar noch einen Abstecher nach Nikolaiewka. Unser Waffengefreiter, der mit dabei war, hatte dort ein Liebesverhältnis. Es lag kaum noch Militär im Dorf und die Leute waren mißtrauisch geworden und ahnten wohl wieder „Frontverschiebungen."

Mit dem leichten Panjewagen fuhr ich einen Umweg mit weniger Feindeinsicht zur Hauptkampflinie. Da stand, gut getarnt eine 8,8 cm Flak mit einem Rohr wie ein Lichtmast. Das war das Neueste. Die beschoß die Panzer schon auf zwei Kilometer und gab etwas Sicherheit. Auch der schwere vierte Zug lag da in Feuerstellung. Die hatten in Richtung Eierwäldchen geschossen. Der Stellungsunteroffizier hatte dabei übersehen, daß das Schußfeld nicht frei war. Fünfzehn Meter vor der Mündung detonierte die 15 cm Granate an einem Ast. Es gab Verwundete in der eigenen Stellung. Der Melder meinte, daß im Eierwäldchen, das schon mehrmals den Besitzer gewechselt hatte, kein Blatt mehr auf den Bäumen hinge. Verantwortlich dafür war der Geschützführer. Von den mitgeteilten Entfernungsdaten errechnete er anhand einer Tabelle die Geschützeinstellungen. Der Richtschütze veranlaßte die Zielausrichtung mit Aufschlagzündung. Die durch Fliehkraft hervorgerufene Drehung der Granate machte diese sofort beim Verlassen des Geschützes scharf. Verzögerung wurde auf Befehl mit dem Schraubenzieher eingestellt.

Zwei Bataillone waren ständig im Einsatz. Der Sonne waren sie schutzlos ausgesetzt, konnten sich nur alle drei Tage waschen, wenn nicht irgendwo ein Durchbruch zu bereinigen war. Manchmal marschierten sie nachts 18 Kilometer nach Slawiansk und am Tag wegen, möglichen Fliegerangriffen in Abständen, wieder nach vorn, um der feindlichen Luftaufklärung Nachschub vorzutäuschen. Hinter dem Wald beim Troß war der Friedhof mit den „Heldengräbern". Nach wenigen Wochen, als das Regiment durch die vielen Ausfälle wieder geschwächt war, hieß es Frontbegradigung vornehmen. Die Hauptkampflinie wurde bis an den Waldrand zurückgenommen. Eine andere Division übernahm unseren Abschnitt. Ein Unteroffizier mit dem ich am Mittag noch telefoniert hatte, lag tot in seinem Erdloch. Den wollten wir nicht den Russen und den Fliegen überlassen. Wir holten ihn, als sich schon alles abgesetzt hatte.

Wir übernahmen einen ruhigen Frontabschnitt im Wald von Majaki. Außer etwas Spähtrupptätigkeit und Störfeuer war es angenehm. Eine Waldschneise zwischen den Fronten bildete das Niemandsland. Hier war das Birkengestrüpp von den Maschinengewehren abgemäht worden. Es herrschte Mißtrauen auf beiden Seiten. Bei jedem verdächtigen Geräusch flackerten nachts die Leuchtpatronen hoch und verwandelten die Nacht für acht Sekunden in eine Gespensterlandschaft.

Frontverlegung an den Dnjepr

Da das Wort Rückzug im offiziellen Sprachgebrauch ja nicht vorkam, hieß es also, daß bis zum Wintereinbruch am Dnjepr eine neue und sichere Verteidigungslinie aufgebaut werden soll. Die Front sollte verkürzt werden denn das breite Wasser wäre ein natürliches Hindernis.

Der Rückzug vom Donez zum Dnjepr wurde allgemein begrüßt. Allerdings war die Art und Weise wie es geschah ein Verbrechen. Bei Aufrufen in deutsch und russisch wurde die Bevölkerung aufgefordert nach der Westukraine zu gehen. Sie würde dort ein neues Heim finden. Das Evakuieren besorgte die ukrainische Miliz. Sie war unter deutscher Verwaltung gegründet worden. Genau wie das Regiment Wlassow, waren es Freiwillige, die im guten Glauben auf ein vom Kommunismus befreites Rußland hofften. Alle gehfähigen Leute aus dem Dorf wurden in einem Treck zusammengestellt und mit dem Gepäck nach Westen geführt. Das war ein teuflischer Plan. Erst hatten die Russen beim Rückzug alles Vieh und Vorräte von den Kolchosen abgetrieben. Von deutscher Seite wurden die zerstörten Brücken wieder aufgebaut. Vieh und Saatgut eingeführt. Die Bahngleise auf Normalspur umgebaut und jetzt wieder der große Aderlaß. Pioniere sprengten in Abständen von einigen 100 Metern Löcher in die Bahnschienen. Oder es fuhr langsam eine schwere Lokomotive mit einem kräftigen Haken und zerbrach die Holzschwellen wie Streichhölzer. Die rote Armee sollte kein Winterquartier vorfinden. Deshalb zündete ein letztes Kommando sogar die unbewohnten Häuser an. Es war ein schauerliches Bild, wenn abends am Horizont die brennenden Dörfer den Himmel rot aufleuchten ließen. Die Nachhut hatte die Aufgabe, den Abzug zu sichern und sich dann schnell zu lösen. Einmal standen wir in einem brennenden Dorf, wo einige Häuser vom Feuer verschont geblieben waren. So ein idiotischer Landser steckte einen brennenden Wisch ans Strohdach. Darauf kam ein alter Mann und eine Frau weinend und schreiend heraus. Wir hatten alle ein beklommenes Gefühl dabei. Bewohnte Häuser wurden ansonsten bewußt verschont. Wir mußten weiter. Die letzten beißen die Hunde, also überholten wir im Trab eine Marschkolonne. Ich fuhr die Vorderpferde und hatte im Feuerschein das mit Gras bewachsene Schützenloch nicht gesehen. Das Sattelpferd stürzte und ich lag unter vier trabenden Gäulen. Zum Glück war das Rad der Protze ins Loch gesackt und das Gespann stand. Ich rappelte mich mühsam aus dem Knäuel der vier Pferde und brachte alles wieder in Ordnung. Außer Hautabschürfungen und blauen Flecken am Körper war mir nichts passiert.

Tage später lagen die Geschütze in einer Waldschneise in Stellung. Vermutlich waren sie durch Luftaufklärung entdeckt worden, denn wir standen plötzlich unter gezieltem Granat- und Artilleriefeuer. Die Pferde an einen Baum binden und die nächste Deckung aufsuchen waren Momentsache. Den nächsten Schutz bot ein kleiner Erdbunker etwa zwei mal eineinhalb Meter groß. Darin hatten schon Pioniere Schutz gesucht. Sie riefen mir zu ich solle abhauen und schimpften, daß wir alle kaputt gehen würden, wenn hier ein Ding einschlagen würde. Aber es war nun mal der einzige Splitterschutz in der Nähe. Wenige Sekunden später bekamen die armen Pferde einen Volltreffer. Nachdem sich das Krachen etwas beruhigt hatte untersuchten wir die Tiere. Beide lebten noch. Der Fuchs versuchte vergeblich aufzustehen und der Apfelschimmel blutete aus vielen Wunden und lag röchelnd am Boden. Ein Splitter hatte das drei Zentimeter dicke Brustblatt durchschlagen und saß noch in der Brust. Das Geschirr abnehmen, die beiden erschießen und die Sache dem Zugführer melden, mehr war nicht zu machen. Der schickte mich umgehend zum Troß, um zwei neue Pferde zu holen. Da der Troß jeden Tag ein anderes Quartier hatte, war es nicht so einfach ihn zu finden. Noch schwieriger würde es werden, den Weg vom Troß wieder zurück anzutreten, wonach man sowieso keine Sehnsucht hatte. Ein älterer gemütlicher Oberfeldwebel führte den Haufen an und war froh, eine zuverlässige Kraft zu haben. Da von den Hiwis über Nacht einige verschwunden waren, wurde der Obergefreite Kuschel kurzerhand als Quartiermacher eingesetzt. In einem Dorf, 15 Kilometer von der Rollbahn entfernt, sollte noch eine Ortskommandantur sein. Vor der Ortschaft zog der Zug der Bewohner mit den letzten Habseligkeiten. Im Ort liefen ein paar herrenlose Kühe und Hunde herum. Einige Häuser brannten. Kreuz und quer ritt ich durch das Geisterdorf. Mehrere Male tauchten ängstlich verstörte Gesichter auf, die schnell wieder verschwanden. Sie waren der Evakuierung durch die Miliz entkommen. Schließlich lag da noch ein leichtes Feldkabel. Das führte zu einem Haus, wo ein Gefreiter saß, der das letzte Telefonkabel abbaute. Er hatte einen Topf mit Honig vor sich stehen. So haben wir beide erst einmal gefrühstückt.

Volksdeutsche, die beim Sibirientransport 1940 vergessen worden waren und Ukrainer, die mit den Deutschen zusammengearbeitet hatten, schlossen sich der Wehrmacht an. Oft wurde ihr Gepäck auf den Fahrzeugen mitgenommen. Liebesverhältnisse oder Verbrüderung mit dem Feind wurden von der Wehrmachtsführung nicht empfohlen, weil sie angeblich die Moral der Truppe schwächten und zu Spionage mißbraucht würden. Trotzdem hat es sie gegeben. Frauen, die ein Kind von deutschen Soldaten hatten, wußten genau, daß sie unter Stalins Herrschaft nach Sibirien ins Arbeitslager kämen. Höhere Dienstgrade konnten sich diesbezüglich Sachen erlauben, die bei den einfachen Soldaten nicht geduldet wurden. So hatte unser Spieß eine Zeitlang eine Frau mit einem zehnjährigen frechen Jungen bei sich. Sie war bei der roten Armee ausgebildet und hatte hier als Dolmetscherin gearbeitet. Er feierte Flitterwochen mit ihr und vernachlässigte seinen Dienst. Außerdem hatte die energische Frau Einsicht in die Schreibstube. Ihr Gepäck mußte mitgenommen werden. Einmal versuchte er, sie loszuwerden. Sie drohte seiner Frau zu schreiben, daß sie von ihm schwanger ist, wenn er sie im Stich ließe.

Dnjepropetrowsk

Hier am Wasser sollte endgültig die Stellung gehalten werden. Die Bedingungen dazu waren ideal. Der Dnjepr war mehr als einen Kilometer breit. Dazu kam noch das Überschwemmungsgebiet, eine Sumpflandschaft mit Sandbänken. Die einzige zweistöckige Brücke für Bahn und Straße war stellenweise gesprengt und zerschossen. Am Westufer führte etwas höher gelegen eine breite Straße entlang. In ihrer Mitte lief die Straßenbahn. Daneben war ein Sandweg für Gespanne und Reiter. Zwischen Lindenalleen und Grasstreifen waren beiderseits asphaltierte Straßen. Sechs Meter breite Bürgersteige säumten das Ganze ein. Eine 100 Meter breite Straße war keine Landverschwendung, denn es gab Land genug. In dem einige Kilometer breiten Urstromtal lag die Stadt. Oben begann dann wieder die endlose Weite der fruchtbaren Ukraine.

Die Geschützstellung war auf einer Wiese. Es gab wenig Einsätze. Die maximale Schußweite betrug 3,5 Kilometer. Dazwischen gab es wenig Ziele. Die Bewohner waren, wie immer im Frontgebiet evakuiert. So benutzten wir ihre Wohnungen. Als bespannte Einheit waren wir immer in Dörfern untergebracht, wo es einfach und ärmlich zuging. Doch es gab schon Badewannen und gelegentlich ein Klavier in den Wohnungen. Wir hatten jeder ein eigenes Zimmer und schliefen in richtigen Betten. Der Hauswirt und ein paar junge Frauen kamen heimlich, um sich noch etwas aus ihrer Wohnung zu holen. Wir versprachen alles schonend zu behandeln. Leider gab es auch unter uns einige Unvernünftige, die die Teller lieber über das Haus warfen, anstatt abzuwaschen. Oder sie spielten mit der Kohlenschippe Klavier. Es gab junge Frauen, die sich die Freundschaft mit den Soldaten gut bezahlen ließen. Heinrich G. besuchte fast jeden abend eine Dame. Sie hatte angeblich einen Gummischutz im Wasserglas, den sie nach jedem Gebrauch ausspülte. An einem Straßenbaum hing ein Mann. Die Einheit vor uns hatte ihn angeblich wegen Sabotage zum Tod verurteilt. Sein blauer Hals wurde täglich länger. Beim nächtlichen Patrouillegang bewegte er sich leicht im Wind. Aus einem Getreidesilo an der

Brücke konnten wir Hafer holen. Bei gutem Futter und wenig Arbeit erholten sich die Tiere wieder. Hufbeschlag und Geschirr wurden erneuert. Die Verwundeten wurden auch vom Veterinär behandelt. Soweit es möglich war, operierte er die Granatsplitter heraus. Die Verpflegung war ausreichend. Gelegentlich gab es sogar Wodka. Wir hatten sogar drei herrenlos gewordene Hunde, die in den verlassenen Wohnungen jaulten. Trotzdem wurden die Ratten immer frecher. Mit dem Karabiner schossen wir bei Tag die Biester ab. So ohne weiteres kam niemand in die Stadt und durfte sich nicht unerlaubt entfernen. Auf dem Weg zum Veterinär kam ich an einer verschlossene orthodoxe Kirche vorbei. Sie sah gut gepflegt aus, da sie vermutlich noch nicht zweckentfremdet wurde. Obwohl Granateinschläge selten waren, war der nächtliche Gang bei der Wache unheimlich. Durch den dunklen Gang der Hofeinfahrt hallten die eigenen Schritte zurück. Auf der unbeleuchteten Straße klapperte der Wind mit den Fensterläden der verlassenen Häuser. Ab und zu balgten sich die Ratten. Drüben in der Feuerstellung besuchte ich ab und an den Posten, rauchte eine Zigarette und wieder waren zehn Minuten um. So vergingen die zwei Stunden jede Nacht. Es wäre zum Aushalten gewesen, wenn nicht jede Nacht der Gefechtslärm im Norden und südlich bei Saporoschje immer lauter geworden wäre. Das war allmählich nicht mehr seitwärts, sondern hinter uns. Wir saßen wieder einmal ganz schön in der Zange. Wenn nach dem nächtlichen Feuerzauber überhaupt noch eine Lücke frei war.

Endlich kam der Befehl zum Stellungswechsel. In Eilmärschen ging es über Nacht zurück und bei Tage wurde verteidigt. In einer Nacht waren rechts von uns Kradschützen eingesetzt. Sie wurden abgezogen ohne daß die Lücke besetzt wurde. Keiner wußte das. Wir sahen wohl 100 Meter weiter Kolonnen vorbei ziehen, die sich laut russisch unterhielten. Wir glaubten es wären Munitionskolonnen mit Hiwis. Bis plötzlich hinter uns ein russisches M.G. knatterte. Alles türmte. Wir waren nur drei Mann zum Geschütz anhängen. Die Protze hatte sich auch noch an einer Hausecke festgefahren. Erwin Krain, zuverlässig wie immer, übernahm ein Gespann und im Galopp kamen wir aus der Gefahrenzone.

Der Winter im Herbst 1943

Der Winter 1943 kam zeitig und wurde hart. Die Front wurde gehalten ca. 400 Meter hinter einem Dorf in einfachen Schützenlöchern. Die Häuser waren anders als sonst mit Blech gedeckt. Wände und Fußböden waren wie üblich aus Lehm. Schnurgerade, eines wie das andere standen sie rechts und links in zwei Reihen an der 50 Meter breiten unbefestigten Straße. In einem Strohschober lag noch Gerste, so gab es keine Futtersorgen. Wieder mußte ein Geschütz zur Werkstatt, die 20 Kilometer zurück lag. Wir zwei Fahrer und der Waffenmeister waren also drei Tage und zwei Nächte das Geknatter der Maschinengewehre los. Die Werkstattkompanie lag in einer Ortschaft, die Volksdeutsche erbaut hatten. Stellenweise waren noch deutsche Schilder zu lesen. Die Häuser waren aus Ziegelsteinen und auch die Dächer mit Dachziegeln gedeckt. Die Straßen waren nicht alle befestigt, aber die Gehwege waren erhöht und mit Brettern belegt. Angeblich wurden die Leute schon 1939 nach Sibirien verschleppt. Auf einem verschobenen Wegweiser an einer Kreuzung waren die Namen Lindental, Rosental und ähnliche zu lesen. Wie wir später erfuhren, blühte einst das Wirtschaftsleben in diesen geschlossenen Siedlungsgebieten der fruchtbaren Ukraine. Sie hatten eigene Schulen, bewahrten ihre Sprache und lebten seit Generationen in Frieden mit Ukrainern in den Nachbardörfern. Da fragt man sich warum die breite Masse immer noch in primitiven Lehmhütten wohnt, in denen sich soviel Ungeziefer hält. Es gab auch fleißige, intelligente und sauber Leute dazwischen. Wahrscheinlich wurden die Deutschen nach der Oktoberrevolution genauso vom Privateigentum „befreit". Einmal fiel uns ein etwas entfernt stehendes einzelnes Haus auf, weil im Garten Sauerkirschbäume und ein abgedeckter Ziehbrunnen standen. Wir vermuteten gutes Wasser und zogen zum Tränken hin. Der alte Mann erzählte uns auf deutsch, daß er kurz nach dem ersten Weltkrieg als überzeugter Kommunist im Ruhrgebiet Schwierigkeiten bekam und nach Rußland emigrierte. Die Menschen seien hier anspruchsloser. Die einzige Pelzmütze wärmt im Winter und kühlt im Sommer. Wozu sich auch nach

Feierabend plagen, wenn es bequemer war, eine Machorka zu rauchen, Sonnenblumenkerne zu knacken und auf dem warmen Ofen zu liegen.

Auch wir konnten zwei Nächte voll durchschlafen ohne Wache zu schieben und ohne Gefechtslärm. Die Kameraden bei der Instandsetzungskompanie hatten die Werkstatt in einer Scheune und eine Stube mit Petroleumlicht. Ein Ofen strahlte gemütliche Wärme aus, und zur Unterhaltung hatten sie sogar den Luxus eines Grammophons. Wir lagen auf den Strohpritschen, rauchten eine Zigarette und genossen die Musik. Neben dem bekannten Doswidania (auf Wiedersehen) und einigen Kosakenliedern sang Zarah Leader, Heimat deine Sterne. Schweigend hing jeder so seinen Gedanken nach. Als wir am anderen Morgen wieder an die Front fuhren, standen die Dorfbewohner am Tor bis uns der Nebel die Sicht nahm.

Es war Weihnachten 1943. Einen geschmückten Baum gab es dieses Mal nicht. Aber einer hatte eine Mundharmonika. Dazu sangen wir Stille Nacht, O Tannenbaum, O du fröhliche und andere Weihnachtslieder. Damit die vorgeschobenen Beobachter auch etwas von unserer Weihnachtsstimmung mitbekommen konnten, setzte sich unser Musikant in der Feuerstelle ans Telefon, drückte die Sprechtaste und zog danach alle Register. Auch der Iwan machte Musik und ein Lautsprecher sprach vom Nationalkomitee Freies Deutschland unter Führung von General Paulus und forderte zum Überlaufen auf. Weil die Front im Bogen verlief, hörten wir das Gekrächze die halbe Nacht. Anschließend gab es Störfeuer. Wir hatten jedoch keine Verluste. Wenige Tage später kam der Wehrmachtsgeistliche zu unserem Bataillon. Weil es bei jeder Division nur einen evangelischen und einen katholischen Geistlichen gab, jedes der drei Regimenter jeweils drei Bataillone hatte, wechselten sich die beiden Seelenhirten ab. Dieses Mal war der katholische anwesend. Um die Verteidigungsbereitschaft zu gewährleisten, konnte die Hälfte unserer Soldaten am Gottesdienst teilnehmen. Wir marschierten zur nächsten ca. 10 Kilometer entfernten Ortschaft. Dort waren schon gut 200 Kirchgänger versammelt. Da kein großer Raum vorhanden war und bei bewölktem Himmel nicht so leicht mit Fliegerangriffen zu rechnen war, fand die liturgische Handlung im Freien statt. Ein Tisch ohne Schmuck stand vor zwei kahlen Bäumen und im Halbkreis davor im tiefen Schnee standen die Soldaten. Erst war ökumenischer Gottesdienst, dann für die Katholiken eine Messe mit Generalabsolution. Jeder ging zur Kommunion, auch die, denen nichts heilig war. Luftwaffe, Heer und Marine hatten Divisionspfarrer, die SS jedoch nicht.

Anfang Januar wurde es grimmig kalt. Wir übernahmen einen anderen Frontabschnitt. Im Nachbarhaus, wo die andere Geschützbedienung untergebracht war, lag ein schwerverwundetes Mädchen. Es wimmerte die ganze Nacht vor Schmerzen, daß keiner schlafen konnte. Der Sanitäter meinte, daß es zum Hauptverbandsplatz müsse. Es wurde auf einem Schlitten gut verpackt und die Mutter fuhr mit. Die Ärzte mußten das Bein amputieren. Dagegen hätte die Mutter protestiert und gesagt man solle es lieber sterben lassen, da sich später als Krüppel niemand um sie kümmern würde.

Weil unsere Unterkünfte geräumige Häuser waren, war Gelegenheit zur Großreinigung. Da hieß es baden und Wäsche kochen. Bei den Reithosen mit Lederbesatz wurden Nähte gebügelt wo immer die Läuseeier auch saßen. Keiner durfte sich davon ausschließen. Weil Schlegel Franz das alleine nicht konnte, wurde er von den anderen „mitgereinigt". Wir hatten sogar einen ganzen Eimer Pferdefett. Ein dicker Schimmel vom Kompanietrupp war gefallen und gab eimerweise Fett. Feindberührung gab es kaum. Die endlose Schneefläche hinter dem Dorf war nur von einem Windschutzstreifen durchbrochen. Das waren Baum und Strauchreihen, ca. zehn Meter breit und endlos lang. Sie waren anscheinend nach der Zwangskolchisierung angelegt worden, um eine Versteppung zu verhindern. Nach 14 Tagen war Stellungswechsel. Weil wenig Munition verbraucht worden war und nicht alles mitgenommen werden konnte, wurde sie verschossen. Feindbewegungen hatte es in den vergangenen Tagen nicht gegeben, also auch kein Ziel. Der einzige dunkle Punkt war ein Autowrack ganz hinten an der Strauchpflanzung. Der Oberfeldwebel und ein Gefreiter auf der Befehlsstelle, der gut Entfernungen schätzen konnte, wetteten um ein paar Zigaretten, wer als erster einen Volltreffer erzielt. Auf einmal kam ein ganzer Trupp Russen aus dem Versteck heraus und türmte. Die nächste Stellung war hundsmiserabel. Drüben im Dorf, in den warmen Häusern saß der Iwan und wir lagen auf freiem Feld. Ein paar niedrige Laufgräben und Erdlöcher ohne Überdachung boten wenig Schutz. Kein Strohschober war in der Nähe. Auf einem Feld ragten noch Sonnenblumenstrünke aus dem Schnee, das einzige Material, um die Schlafgelegenheit zu isolieren. Wenigstens wir Fahrer lösten uns alle zwei Tage ab, um im nächsten Ort die Tiere zu füttern. Der kleine Ort war überbelegt. Außer uns lag die Artillerie dort. Wir bekamen ein Haus zugewiesen. Auf dem Backofen schliefen die Familien und wir dichtgedrängt auf dem Boden bis zur Tür. Wer nach der Wache den Raum betrat, fand keinen Platz mehr. Er legte sich einfach in den Haufen und fand sich früh morgens auf dem Boden wieder.

Die Front kam wieder in Bewegung. In einer Ortschaft, die sich wie ein Keil in die Front schob, schnitten feindliche Panzer die Ecke ab. Wild um sich schießend fuhren sie quer durch das Dorf. Alles nahm volle Deckung. Willi Birghorst hatte die Hohlhaftladung in der Hand und stand in der Tür. Diese Magnetgranate mußte mit der Hand angeklebt werden, wenn man im toten Winkel lag. Unsere waren zwar sofort ans Geschütz gesprungen, aber der Panzer hatte zuerst geschossen. Dabei hatte es den Erwin schlimm am Bein erwischt. Als der Spuk vorüber war, sich alles wieder gesammelt hatte, mußte ich Erwin Krain zum Hauptverbandsplatz fahren. Sein Knie blutete stark durch den Notverband und er hatte starke Schmerzen. Der matschige Schnee knarzte an den Eisenreifen. Das holperte und gab zusätzliche Erschütterungen. An Trab fahren war nicht zu denken. Zum Wasserlassen mußte der Kochgeschirrdeckel herhalten. Selten habe ich in jenen Stunden so um jemanden gebangt, wie um Erwin, einen der besten und zuverlässigsten Kameraden.

Panzerverbände hatten im Gegenstoß die Front begradigt. Es gab wieder feste Verteidigungsstellungen. Der Schnee war fast weggetaut. Der Boden war aber noch hart gefroren. Mit unseren Pferden lagen wir in einer sieben Meter tiefen Schlucht, wo wegen Feindeinsicht nur nachts eingefahren wurde. Zwei Gespanne waren vorn und zwei im Dorf. Zwei Mann allein unter fremden Truppenteilen, das war ungünstig. Tatsächlich wurde über Nacht mein Sattelfuchs geklaut. Ich bin am anderen Morgen durch das Dorf und habe bei der Artillerie jeden Futtermeister höflich gefragt, ob ich bei ihm meinen Fuchs suchen darf. Es war vergeblich. Also wurde nach Landsermanier in der nächsten Nacht ein Ersatz „organisiert". Pferde stehlen ist nicht einfach, wenn ein Posten in der Nähe steht, der scharf geladen hat. Aber ein Obergefreiter hat Erfahrung im Anschleichen bei Nacht. Am Tag besah ich mir das Pferd. Es war etwas klein und kein Ersatz, aber besser wie gar nichts. Später brachte mir Boris unser Hiwi einen stabilen Braunen. Direkt hinter der Hauptkampflinie lag zwar sehr viel Beutematerial, aber alles tote Gäule. Die schweren unbequemen Protzen hatten wir längst stehen gelassen und fuhren die Geschütze zweispännig an die Vorderachse von einem Panjewagen gehängt. Unteroffizier Ferdinand kam eines Morgens von der Befehlsstelle und meinte, da vorne liege ein Russengeschütz mit einer leichten stabilen Protze, die wir holen könnten, weil es gerade neblig sei. Es war tatsächlich das Passende. Wir hängten das Geschütz ab und zogen die toten Pferde zur Seite. Zu Tausenden lagen ringsherum die gefallenen Russen. Es gab solche Situationen, wo die sowjetischen Soldaten Welle um Welle vor die Maschinengewehre getrieben wurden. Viele trugen nagelneue Bekleidungen amerikanischer Herkunft. Einer hatte schöne Gummistiefel. Ferdinand meinte, die nehmen wir mit. Irgend jemandem würden sie passen und wenn demnächst Tauwetter einsetzte, wären unsere Filzstiefel sowieso angesoffen und bleischwer. So ohne weiteres gab der Steifgefrorene seine Fußbekleidung nicht her. Ferdinand stellte sich darauf und so klappte es. Bei der Rutschpartie war ihm die Taschenuhr raus gefallen, Junghans stand darauf, Sie war wieder in deutscher Hand.

In jenen Tagen wurden wir zeitweise aus der Luft versorgt. Die sonst üblichen zwei Meter großen Behälter hatten sich nicht bewährt. An einfache Fallschirme von zwei Meter Durchmesser wurde ein Sack mit

Verpflegung, Munition bis 50 Kilogramm oder zwei Kanister mit Benzin gebunden, die beim Aufprall auf die gefrorene Erde oft explodierten. Mit einem solchen Fallschirm hatten sich Gerhard Wagner und ich an der fast senkrechten Wand in der Schlucht ein Zweimannzelt gebaut. Das war gemütlich. Wir zogen die Decke über den Kopf und schliefen. Über Nacht gab es einen dumpfen Druck. Ich war sofort hellwach, wollte aufstehen aber es ging nicht. Von der Wand war Erde abgerutscht und hatte uns verschüttet. Auf Kopf und Rücken lag eine zentnerschwere Last. Nur die Füße waren bewegbar. Ein verzweifelter Versuch aufzustehen mißlang, nicht einen Zentimeter bewegte sich die Last. Die Luft wurde knapp. Beim Ausatmen versuchte ich zu rufen. Das Herz klopfte wie rasend und wurde immer langsamer. Ich machte mich fertig für die Ewigkeit, bereute alle Sünden, dachte an die Eltern, wenn sie meine Todesnachricht bekämen. Wie ein Film lief das Leben vorbei. Es drehte sich im Kopf und Ohnmacht trat ein. Zum Glück hatte Gerhard noch den Kopf frei und konnte um Hilfe rufen. Oben in der Feuerstellung hatte G. Richter gerade Wache. Er war Bergmann von Beruf und konnte wie keiner so schnell den Sand wegschaufeln. Nach einigen Wiederbelebungsversuchen kam wieder Luft in die Lunge und ich war wieder auf der Erde. Etwas Kopfschmerzen und Appetitlosigkeit am nächsten Tag waren die Folge. Der Oberfeldwebel schimpfte: Was macht ihr nur für einen Blödsinn.

Aus dem Totenfeld brachte Ferdinand einen verwundeten Iwan mit. Er hatte Oberschenkelverletzung und kam auf den Händen und einem Bein. Vier Tage und Nächte hatte er sich in einem Loch versteckt. Jetzt sollte er zum Hauptverbandsplatz. Aber wie sollten wir ihn bei Tage aus der Schlucht bringen? Oben hinter der nächsten Deckung stand wohl ein Fahrzeug, das ihn mitnehmen konnte, aber den steilen Hasenpfad hinauf, den wir als Fußweg benutzten, schaffte er nicht. Ich fragte ihn, ob er da hochreiten könne (moschu konje suda). Er bejahte, biß krampfhaft die Zähne zusammen und schaffte es, sich auf dem Pferderücken bis oben festzuhalten. Der hatte Mut.

Bei Schneematsch ging es wieder westwärts. Eine Zigeunerfamilie türmte mit uns vor den Russen. Mühsam schleppte eine Mutter den schmächtigen Jungen mit, der immer wieder hinfiel. Da kam der Zug-führer und erinnerte mich daran, daß ich ein paar Gummistiefel auf die Achse gebunden hatte. Die gaben wir dem Kind, daß es was an den Füßen hatte.

Ein Erlebnis, das lag aber ein paar Wochen zurück. Das Regiment hatte keine Verbindung. Schließlich überflog der Fieseler Storch und warf den Marschbefehl ab. Ein Ort 15 Kilometer weiter, 5 Kilometer neben der Rollbahn war das Ziel. Das Vorkommando wurde mit Ab-wehrfeuer empfangen. Also zurück zur Rollbahn und weiter in Rich-tung Westen. Wenige Kilometer dahinter kamen auch noch Truppen. Freund oder Feind, das war die bange Frage. Zwei deutsche Jäger grif-fen die da hinten im Tiefflug an. Damit war alles klar. Kosacken in Kompaniestärke schwärmten aus und kamen auf ihren flinken Pfer-den besser durch den Schnee. 50 Meter seitwärts, parallel zur Rollbahn stand eine Reihe Häuser. Dort waren ein paar von uns hin, um Wasser zu trinken. Sie kamen schnell zurück, wurden aber von den Kosacken entwaffnet und mit erhobenen Händen gefangengenommen. Bei uns wurde nicht verteidigt, auf offenem Feld. Erst als die acht Reiter mit Uräh das immerhin noch einige hundert Mann starke Regiment an-griffen, befahl ein Felwebel der Nachhut MG-Feuer frei. Die 4 Kama-raden im Niemandsland waren wieder frei. Ein Meldereiter ritt durch den Schnee, sie hielten sich am Pferdeschwanz fest und waren knapp der Gefangenschaft entronnen.

Auch das war einmalig. Es war Tauwetter, Absetzbewegung im Dreck bei Nacht und Verteidigung am Tage. Drüben winkte einer mit der weißen Fahne. Der Kommandeur befahl Feuer einstellen. Tatsächlich kam ein Iwan mit einem Gefangenen herüber. Ein Gefreiter von der 3. Kompanie sagte, bei einer Marschpause in der vergangenen Nacht wären acht Mann vor Übermüdung eingeschlafen. Als sie am Morgen durchs Fenster die vielen Rotarmisten sahen, machten sie gut Miene zum bösen Spiel und stellten sich als Überläufer. Sie durften sich wa-schen und rasieren und haben wohl erzählt, daß allen den Krieg satt hätten. Sie mußten dann eine Geschützscheibe ausheben und wurden menschlich behandelt. In der Hoffnung. das sich noch mehr, vielleicht das ganze Regiment ergibt, wollte der Parlamentär verhandeln. In der Feuerpause wurde er zurückgeführt und der Gefreite war heilfroh wieder hier zu sein.

Abschied von der Ukraine

Allmählich näherten wir uns der Grenze zu Rumänien. In den drei Jahren hatten wir Land und Leute kennengelernt. Bei den unendlichen Entfernungen waren manche Dörfer im Herbst und Frühjahr in der Schlammperiode von der Umwelt abgeschlossen. Anspruchslos und gelassen nahmen sie das hin. In fortschrittlichen Dörfern gab es Radio. Der Starosta (Bürgermeister) bediente den Apparat und in jedem Haus war nur ein Lautsprecher. Bei der ersten Begegnung stand oft Angst in den Gesichtern, denn sie kannten die Deutschen nur aus der Propaganda. Hatte man ihnen freundlich zugesprochen, dem Alten eine Zigarette angeboten, wich die Angst und sie waren gastfreundlich. Besonders mit den Kindern war schnell der Kontakt hergestellt. An der Wand war oft mit einer Reißzwecke das Brautbild oder das Bild vom Sohn als Soldat angeheftet. Es war ratsam diesen Schmuck zu loben. Gelegentlich waren Ansichtskarten der Soldaten dazwischen, die vorher da gewohnt hatten. Wasser war oft knapp und mußte sparsam verbraucht werden. Meistens stand ein Blecheimer in der Stube mit einer Blechtasse. Daraus trank jeder. Auch zum Waschen genügte ein Becher. Die angefeuchteten Finger lösten den Dreck und zum Schluß wurde etwas nachgespült. Zum Gesicht waschen lies der Alte seine Pelzmütze auf dem Kopf. Selbst zum Kinder waschen genügte ein Minimum an Wasser. Die Haseika (Hausfrau) nahm einen kräftigen Schluck in den Mund und besprühte geschickt, wie mit einer Düse, die Kindergesichter. Mit der Schürze wurde nachpoliert und das Zifferblatt war wieder sauber. Auch wir mußten uns den gegebenen Verhältnissen anpassen. Bei der wöchentlichen Großreinigung in einem Eimer kamen zuerst Kopf und Oberkörper dran, dann die Füße, dann das Hemd und zum Schluß Taschentuch, Socken und Fußlappen. Das stille Örtchen war oft ein Loch hinter dem Haus mit zwei Trittbrettern und einer Schilfmatte als Windschutz. Lagen wir geschlossen im Quartier wurde sofort eine Grube ausgehoben mit dem Donnerbalken. In Kolchosen wurde manchmal ein Grasmäher hergeschoben und die Deichsel war Sitzgelegenheit. Bei großer Hitze wurde ab und zu etwas Erde wegen den Fliegen darauf geschippt. Wenn der Schnee schmolz war Vorsicht angebracht, damit man nicht in das hineintrat, was so alles ums Haus lag. Es gab zwar viel Impfungen gegen Ruhr, Typhus und es gab viele Tabletten, aber bei den sanitären Verhältnissen gab es Krankheiten genug.

Die Häuser waren überwiegend aus Lehm gebaut und mit Stroh gedeckt. Material, das reichlich zur Verfügung stand. Die Wände waren weiß gekalkt. Beim Großreinemachen nahm die Hausfrau einen Strohwisch und strich mit einer Lehmbrühe den Fußboden. Der trockene Lehm war eine Brutstätte für Flöhe und Wanzen. Kopfläuse waren sehr verbreitet und es war ein gewohntes Bild, wenn sich die Frauen gegenseitig die Nissen knackten. Auch die Brunnen waren runde Lehmlöcher von zehn Meter Tiefe. Nur der Backofen war aus Ziegel gemauert. Gefeuert wurde mit Stroh. Der Opa oder die Oma legten ständig nach. Die konischen Töpfe standen daneben. Oder es gab eine Herdplatte. Da wurden die Ringe herausgenommen und der Topf hineingestellt. Im Sommer kam die Platte auf ein Erdöfchen ins Freie. Dadurch blieb die Stube kühler. Obwohl ein dickes Strohdach im Winter wärmt und im Sommer kühlt. Ein gutes Brennmaterial war Kuhmist. Gut geknetet und geformt wurde er wie Torf zum trocknen gestapelt.

Die Windmühlen dienten meist als Beobachtungspunkte und waren oft zerschossen. Die Leute behalfen sich mit einfachen Handmühlen. Zwei Steine von etwa 50 Zentimeter Durchmesser wurden übereinander gelegt, von denen der oberste gedreht wurde. Gut geeignet war eine leere Granate, von der bloß die Spitze fehlte. Mit einer Brechstange wurde das Getreide gestampft. Am besten ging es mit Mais. Durch Stampfen wurde auch Hirse geschält. In einem ein Meter fünfzig langen Baumstamm war ein Loch halb mit Hirse gefüllt. Ein Holzzapfen an einer Latte als Wippe wurde mit den Füßen betätigt und so schälten sich die Körner. Mit zwei Schüsseln wurde im Wind die Spreu von den Körnern getrennt.

Auf fortschrittlichen Kolchosen standen amerikanische Mähdrescher. Oft ging es aber einfacher zu. Auf einem Dreschplatz wurde das Getreide mit Betonwalzen, die von Pferden gezogen wurden, ausgewalzt. Das Stroh ausgeschüttelt und von einem Mädchen zu Schwaden gerecht. Männer mit drei Meter langen spitzen Stangen spießten den Schwaden auf und trugen das Stroh zum Schober. Mit der Schaufel gegen den Wind geworfen wurde die Spreu vom Weizen getrennt. Wie geschickt die Leute mit den primitiven Verhältnissen fertig wurden, erlebten wir öfter. Einmal war im Winter draußen am Don kein großer Stall vorhanden und die Schule sollte eingerichtet werden. Drei Männer wurden bestellt und nur mit Äxten und Draht fertigten sie Nägel an. Ohne Säge, Hammer und Zange zimmerten sie ein paar Balken zu Anbindevorrichtungen.

Ungewohnt war es, wenn die Mütter in aller Öffentlichkeit ihre Kinder stillten. Niemand störte sich daran. Nur als ein vierjähriger Junge selber die Bluse der Mutter aufknöpfte, sagte einer: „Nix Kultura. Darauf erwiderte die Frau, daß das Kind nur schreien würde, wenn sie ihm keine Milch gäbe. Das ebene Land und die endlose Weite prägte die Menschen. Der ständige trockene Ostwind trocknete das Land aus. Die Stroh- und Heuschober vor jedem Haus waren Wintervorrat für die einzige Kuh und zugleich Brennmaterial. Sie trockneten ohne große Arbeit wie bei uns. Manchmal saßen die Nachbarn im Sommer abends auf dem Lehmsockel am Haus, erzählten sich, knackten Sonnenblumenkerne und sangen ihre eintönigen, oft schwermütigen Lieder zur Gitarre. Schön anzusehen waren blühende Sonnenblumenfelder. Die Köpfe der Sonnenblumen drehten sich mit der Sonne. Holzkisten mit Kernen lagerten in den Häusern als Wintervorrat. Auch wir Soldaten bekamen die Sonnenblumen angeboten und knackten fleißig mit. Allerdings konnte keiner von uns so geschickt die Schale vom Kern im Mund trennen und den Abfall ausspucken. Abends fegte die Frau die Spreu zusammen.

Sandwege fahren sich bei Nässe gut und sind im Sommer lose und staubig. Fuhren die Wagen in einer Kolonne setzte sich der Staub in die Augen und reizte die Lungen. Auf dem trockenen schwarzen Mutterboden fuhr man im Sommer recht gut. Als Fernstraßen waren Greterbahnen gebaut. Es waren breite, schnurgrade gewölbte Straßen, nur für gummibereifte Kraftfahrzeuge. Nach einem Gewitterregen durften sie nicht benutzt werden, damit keine Rillen entstanden. Das Wasser lief sofort ab und eine Stunde später war die Fahrt wieder frei. Regenschauern, manchmal tagelang, waren wir bei den Märschen schutzlos ausgeliefert. Als Trost hieß es, es geht nur bis auf die Haut. Die nassen Sachen mußten auf dem Körper wieder trocknen. Gegen das Zittern halfen Freiübungen, Bewegung.

Rumänien

Der Schnee war verschwunden und der Frühling nahte. Das bedeutete gute Aussichten für Übernachtungen im Freien. Bei Tiraspol überschritten wir die Grenze nach Bessarabien. Die Landschaft wurde freundlicher, fast heimatlich. Bauernhöfe waren umgeben von kleinen Feldern. An Privatwegen stand gelegentlich ein Kreuz oder ein Bildstock.

Die Hauptkampflinie verlief nun am Dnjestr. Durch das Fernglas sah man wie sich in der Frühlingssonne auf den Wiesen da unten die Russen mit bloßem Körper ihre Hemden entlausten. Wir hatten eine gute Verteidigungsstellung am Vorderhang zwischen den Weinbergen. Die ersten Tage verbrachten wir vier Fahrer in einem verwachsenen Panzergraben von 1939, ein Loch das mit Schilf überdeckt war.

Nach Eintritt der Dunkelheit kam die Feldküche und brachte nach längerer Pause wieder Post mit. In einem dünnen Feldpostbrief schrieb mein Bruder Ernst, daß unser Vater am 15. März die Augen für immer geschlossen hat. Wir hatte jetzt Mitte April. Die Kameraden drückten mir die Hand. Ich wollte allein sein. Ich schob das Kochgeschirr mit dem Dörrgemüse zur Seite, übernahm freiwillig die erste Wache und betete.

General Schörner hatte den Oberbefehl über den Südabschnitt übernommen. Er war ein enger Vertrauter von Hitler und wurde der Soldatenklau genannt. Vorne an der Front war er mit den Leuten vernünftig aber wehe wenn sich weiter hinten einer etwas zu Schulden kommen ließ. Bei den kleinsten Verfehlungen verhängte er Strafen. Ein fehlendes Verbandspäckchen oder eine fehlende Gasmaske konnte einen Urlaubsschein kosten. Plünderer wurden mit Erschießen bestraft. Die vollstreckten Urteile wurden der Kompanie beim Stillgestanden verlesen. Es waren jede Woche mehrere Fälle. Die Front stand wieder und es wurde überall gespart. Kein Fohlen durfte einbehalten und jedes verwundete Pferd mußte abgeliefert werden. Als der Spieß einen Ochsen für die Feldküche organisiert hatte, war kurz vor dem Schlachten der Bauer aufgetaucht und hatte kurz erklärt, daß er das melden würde. Sofort bekam er das Tier zurück. Rumänen waren Verbündete, da wurde alles noch viel genauer genommen.

Im Abschnitt links von uns waren schwere Kämpfe zugange. Dort war das Strafbataillon 333 eingesetzt. In diesem Bataillon kämpften Landser, die schwerer Vergehen angeklagt waren, wie Meuterei, unerlaubtem Entfernen von der Truppe oder Ähnlichem. Früher wurden die mit Festung bestraft. Jetzt konnten sie ihre Vergehen ungeschehen machen durch den Einsatz für besonders heikle Aufgaben und Himmelfahrtkommandos. Überlebende waren bei solchen Aktionen selten.
Die Bewohner der Kampfregion waren evakuiert worden. Wir hatten die Pferde in zwei Häusern untergestellt. Einmal kam der Besitzer und sagte, daß er im Schuppen, wo meine Pferde standen, eine Kiste mit Porzellan vergraben hätte. Wir haben sie herausgeholt und es war nichts davon kaputt gegangen. Da war er froh. So eine Stelle am Vorderhang mit Feindeinsicht hat den Vorteil, daß es keinen Appell und kein Antreten gibt. Auch ihre Weinfässer hatten die Leute vorsichtshalber vergraben. Wir hatten einen Spürsinn entwickelt und suchten über Nacht mit dünnen Eisenstäben. So lagerte bald hinter dem Haus ein Faß mit Rotwein und Schlauch zum Anzapfen. Statt Kaffee tranken wir zum Frühstück Rotwein.

W. Scheuermann war Geschützführer geworden. Er hatte sich auf zwölf Jahre verpflichtet und es fehle ihm noch an Erfahrung. Bei einem Feuerbefehl ins Tal beachtete er einmal den Splitterschutz nicht. Die Granate detonierte ein Meter vor dem Rohr. Der Zugführer und die anderen wollten ihm aber die Zukunft nicht verbauen und unterließen die Meldung. Die leichten Verwundungen wurden der Feindeinwirkung zugerechnet.

Der Zugführer Oberfeldwebel Hoppe aus Breslau war Koch von Beruf. Er trank gern einen und so war der Weinreichtum gerade das Richtige für ihn. Nur der arme Egon Ratkohl aus Villach, der nicht trank und nicht rauchte, kam manchmal runter und beschwerte sich, daß er den ganzen Tag das Gelaber von denen anhören müsse. Da war noch ein Österreicher, dem ich erzählte, daß da vorne ein leerer Hof ist, wo Hühner gackern. Aber ein großer scharfer Hund war hinter dem Tor. Wir schlichen im Morgengrauen ungesehen hin und er ging ruhig und sicher in den Schuppen und brachte viele Eier heraus. Erst glaubte ich, der Hund würde ihn zerfleischen, aber er bellte nur und fletschte die Zähne.

Vorübergehend war ein junger Leutnant bei der Kompanie und wurde von der Feldgendarmerie abgeholt. Er war homosexuell und hatte sich im besoffenen Zustand an den Waffenmeister rangemacht. Wahrscheinlich kam er zum Strafbataillon. Das gab viel Gerede. Ganz Schlaue wollten ihm das an den Augen angesehen haben.

Trotz etwas Artilleriebeschuß hatten wir nur zwei Pferde verloren. Es war vielleicht Ende Mai, als wir dort abgelöst wurden und einen anderen Abschnitt übernehmen sollten. Die Märsche waren angenehm auf festen Straßen. Knapp und mager war die Verpflegung für Mensch und Tiere. In einem Dorf bekamen wir als Pferdefutter einen alten Friedhof mit etwas dürrem Gras zugewiesen. Heimlich mähten wir etwas Roggen. Erst war der Zugführer froh. Aber als der Bauer erschien wurden wir vom Zugführer ausgeschimpft. Wir wüßten doch was los wäre wenn der Bauer Meldung machen würde. Gott sei dank ging es gleich weiter. In einer größeren Ortschaft war einige Tage Ruhe. Täglich waren Appelle mit Pferden, Geschirr, Stiefel, Waffen und Geräten. Eine angenehme Überraschung war eines Abends ein Platzkonzert einer Wehrmachtskapelle. Auch vorbeifahrende rumänische Fahrzeuge blieben stehen. Ein vorbeireitender Offizier zog dem einen Fahrer die Reitpeitsche über den Rücken, die hatten noch die Prügelstrafe bei der Armee. Hinter den Häusern lag eine abgeschossene Ju 52. Wir holten den Rumpf hinter der Ladefläche als Zelt. Es war Leichtmetall und mit dem Beil abzuhacken.

Trebuni

Im Sommer 1944 übernahmen wir eine feste Stellung am Drau, ein Wasser von 30 Meter Breite. Das linke Ufer war steiler, unbegehbarer Kalkfels. Oben auf der Höhe verlief die Hauptkampflinie. Am rechten Ufer stieg das Gelände flach an. Da lagen unsere Feuerstellungen. Wechselstellungen wurden ausgebaut und eingeschossen. Daneben zwischen einem Weinberg und einer Aprikosenplantage hatten wir unsere Protzenstellung ausgebaut. Da waren Wagner Gerhard, Kluge Kurt, Zemelka und ich und die acht Zugpferde mit Peppo, einem flinken fetten Panjepferd, das zum Reiten und Futter holen genommen wurde. Die Bewohner waren evakuiert. So konnten wir Mais und Gras verfüttern. Wir badeten uns und die Tiere täglich im 50 Meter entfernten Wasser. Wenn der Oberfeldwebel kam machte ich ihm kurz Meldung. Meistens kletterte er auf einen Baum und wir konnten unseren Dienst selber einteilen. Es war auch alles in Ordnung. Die Tiere erholten sich. Kurt brachte aus einem verlassenen Haus im Dorf eine Glukke mit Küken mit. Sie war mit dem Bein angebunden, wie es die Leute dort machten. Die Hähnchen kamen in die Suppe und die Henne legte bei dem guten Futter die Eier unter einen Weinstock. Wir hatten Tisch und Bänke, Schaufel und Besen und gelegentlich Gäste. Die Maulbeerbäume, unter denen es so gemütlich war, trugen viel süße Früchte, ähnlich wie Brombeeren. Wir legten die Woilache darunter und schüttelten kräftig. Von der Ernte kochten wir in zwei Eimern im Wasserbad Marmelade. Peppo bekam einmal Hufverschlag. Das ist die Folge von Eiweisüberfütterung bei zu wenig Bewegung. Der Veterinär nimmt in solchen Fällen Blut ab, kühlt die Hufe und setzt die

Tiere auf Diät. Wir haben ihn selber auskuriert. Wir hatten ihn hinter einem Strauch versteckt, damit ihn der Zugführer nicht sehen sollte. Aber die nassen Säcke um seine Hufe paßten Peppo nicht. Er stand wiehernd auf den Hinterbeinen wie ein Boxer. Ab und zu krachte eine schwere Granate in der Gegend. Von links kam manchmal ungezieltes Strichfeuer aus weiter Entfernung. Für die Pferde hatten wir ein Meter tiefe Boxen ausgehoben. Eines Morgens fühlte ich beim Putzen an der linken Halsseite einen Knoten unter dem Fell. Der Veterinär schnitt es auf und holte eine Kugel heraus. Sie hatte den Hals durchschlagen und war im Hals stecken geblieben. Auch Peppo bekam einen Treffer und mußte geschlachtet werden. Wir glaubten dem ganzen Zug eine Freude zu machen mit der Zusatzverpflegung aber der Stellungsunteroffizier wehrte ab. Alles muß abgeliefert werden. Also hingen wir befehlsgemäß die vier Viertel in den Schatten. Als abends die Küche kam, schüttelte der Koch den Kopf. Das sei ja alles mit gelben Fliegeneiern bedeckt, das könnten sie nicht mehr gebrauchen. Unseren Teil hatten wir jedenfalls vorher schon gehabt.

Dreihundert Meter links hinter uns über der Höhe wo der Nachschub herkam war Feindeinsicht. Granattrichter und Wracks von Fahrzeugen waren der Beweis, daß die feindliche Artillerie gut eingeschossen war. Weil der Fahrer Gas geben mußt, schoß ein verwundeter Feldwebel mit der Pistole ins Führerhaus. Daraufhin wurden den Verwundeten die Waffen abgenommen. Als einzelner Reiter im Galopp konnte man es gerade schaffen über die 500 Meter freie Fläche hinwegzukommen. Auch der mit dem roten Kreuz gekennzeichnete Sanitäterwagen wurde beschossen. Aus heiterem Himmel rauschte eines Tages ein schwerer Brocken heran und krepierte 50 Meter weiter. Der nächste saß in unserer Protzenstellung. Gerhard Wagner, der gerade einen Brief schrieb, bekam einen Splitter zwischen die Rippen. Stoffetzen waren nicht in der Wunde, da wir meistens in Badehosen liefen. Ich fuhr ihn sofort zum Hauptverbandsplatz. Er konnte nicht liegen und nicht sitzen, nur so schräg knien. Beim Atmen kam hellroter Blutschaum aus der Wunde. Der Sanitäter verklebte das Loch mit luftdichtem Heftpflaster, so konnte er besser atmen.

Jetzt mußten wir uns auch einen Bunker bauen. Unten am Wasser standen zwei dicke Pappeln. An die hatte sich noch kein Infanterist getraut. Zum Fällen und zerkleinern besorgten wir uns eine lange Säge und schleppten anschließend die Teile vierspännig hoch. Das gab eine Decke von über einem Meter, die reinste Lebensversicherung. Auch das Grabensystem an der Hauptkampflinie wurde ausgebaut. Auf Befehl von Schörner mußte jeder drei Meter Laufgraben in der Woche ausschippen. Auch die Leute vom Troß, einschließlich Spieß und Futtermeister. Möglich war das nur über Nacht, wegen der Scharfschützen. Sogar Schörner selbst grub angeblich sein Pensum. Scharfschützen wurden auch bei uns eingesetzt. Sie brauchten keine Wache stehen, hatten Spezialgewehre und bekamen bei 15 Abschüssen drei Tage Sonderurlaub. Neugierig schaute ich einem zu. Er gab mir sein Fernglas, beschrieb drüben sein Ziel damit ich seinen Treffer bestätigen konnte. Vorsichtig schob ich den Kopf über den Grabenrand und schon zischte eine Kugel am Kopf vorbei. Da hatte ich keine Lust mehr für sein Geschäft.

Das Dörfchen Trebuni lag links vor uns und war in Friedenszeiten sicher einmalig schön. Über eine wackelige Brücke führte die einzige Zufahrt. Die Straße verlief am Ufer entlang. Wir sahen rechts der Straße die Häuser und Gärten in einer Breite von ca. 40 Metern. Sie waren von meterhohen Steinmauern umgeben. Anschließend stieg die Kalkfelswand fast senkrecht an.

Trebuni lag im toten Winkel und hatte keinen Beschuß. Aber wie es so in verlassenen Ortschaften ist, Schuppen und Haustüren wurden zum Bunker bauen geholt. In den Höfen vor der Haustür wuchs das Hühnerfutter und in den Gärten die Brennesseln. Weiter rechts, wo der Hauptverbandsplatz lag, war eine Kapelle in den Felsen gebaut worden. Von uns aus war nur der kleine Turm zu sehen. Einer wettete, daß er das Glöcklein in einem Kilometer Entfernung trifft. Tatsächlich machte es nach ein paar Sekunden Kling.

Der Troß lag etliche Kilometer zurück, gut getarnt in einem großen Buchenwald. Nur zum Tränken mußten sie dreimal täglich weit zu einem Tümpel ziehen. Den Kompaniewagen fuhr Katzmareck mit zwei fetten Füchsen. Er hatte zwölf Dienstjahre auf dem Buckel und wäre normalerweise Stabsfeldwebel mit drei Sternen gewesen. Weil er aber rotzfrech war, war er zum Gefreiten degradiert. Ich war gerade in der Schmiede, als er am Zelt vom Spieß und Futtermeister vorbei zog und seine Gäule ausschimpfte. Ihr verfluchten Dickwänste, euch ist es noch nie so gut gegangen wie beim Barras. Jeder wußte wer gemeint war. In diesem Troß wurde auch schon ein Reit- und Fahrturnier durchgeführt. Allerdings mußten Unteroffiziere und Mannschaften getrennt antreten, weil die niedrigen Dienstgrade oft besser waren. Auch wir hatten schon mit unseren drei Fuchsgespannen, die jetzt gut im Futter waren, den Sechserzug geübt. Gleichmäßiges Anfahren im Schritt, Trab, Galopp, Figuren und Hindernisfahren. Es waren alles Paßgespanne. Vorne Kurt mit den Blassen, in der Mitte Gerhard mit den Goldfüchsen und meine Rotfüchse an der Stange.

Kischinjow

Kischinjow, Kischinef gesprochen, war die Hauptstadt von Bessarabien. Dorthin mußte ich vierzehn Tage zur Zahnbehandlung. Die Sanitätskompanie lag in einer Weinbauschule. Das waren zweistöckige Gebäude in 100 Metern Abstand zwischen Versuchsweinfeldern. Viel Dienst hatten wir nicht. Einmal Strohsäcke stopfen und ein anderes mal mußten wir die Fleckfieberkranken in einen anderen Block verlegen. Das heißt, diejenigen, die diese Krankheit überstanden hatten. Sie waren zum Skelett abgemagert und wogen nur noch zwischen 35 und 40 Kilogramm. Trotzdem hatten sie Lebenswillen. Einer freute sich und wollte langsamer getragen werden, damit er wieder die Sonne genießen konnte. Einen Teil der Währung bekamen wir in Lei ausgezahlt. Sogar zwei Straßenbahnlinien führten durch die Stadt. In kleinen Kneipen gab es billig Wein. Und oft waren hier einige Zigeuner zu hören, die auf ihren Geigen jeden deutschen Schlager spielten. Anschließend kamen sie mit dem verschlissenen Hut.
Der Markttag war immer ein Erlebnis. In aller Herrgottsfrühe ka-

men die Bauern aus der Umgebung mit ihren flinken Pferdchen oder den zweirädrigen Ochsenkarren mit einem großen Weinfaß. Die Tiere banden sie tagsüber an die Deichsel und man bekam überall großzügig eine Probe, bevor die Feldflasche gefüllt wurde. Einmal tanzte eine total besoffene Frau mit aufgelösten Haaren und alles johlte ringsherum. Groß war das Angebot an schmackhaften Melonen, Gurken und Tomaten. Der Genuß von Fleischwaren war für uns Soldaten verboten wegen Trichinen. Trotzdem schmeckte uns die Wurst gut. Sie war geräuchert und mit Knoblauch und Paprika gut gewürzt. Der Verkäufer war ständig mit einem Maisstengel am Wedeln, um die Fliegen zu vertreiben. Die meterhohen Abfallhaufen hinter den Bretterbuden waren schwarz vor Fliegen. Auf dem nächsten großen Platz wurden Textilien und Haushaltswaren angeboten. Vielleicht war in Friedenszeiten mehr los. Es konnte überall gehandelt werden. Auch die Landser verschacherten gelegentlich eine Decke, ein paar Socken oder ein Moskitonetz als Einkaufstasche. In Rußland wurde kaum Geld gebracht und der Wehrsold wurde nach Hause überwiesen. Ein Soldat bekam pro Tag eine Reichsmark. Ein Gefreiter 1,20 Reichsmark. Dazu gab es eine Mark Frontzulage. Ein Obergefreiter bekam noch Gehalt und hatte 140 Reichsmark im Monat. Anfang August wurden die ersten Weintrauben reif. Die Plantagen lagen ungepflegt und verwildert da und von den herrlichen Aprikosen und Pfirsichen verkam das meiste.

Urlaub 1944

Es war zwar Urlaubsperre. Jedoch standen bei der Veterinärkompanie über 100 Panjepferde, die nach Salzburg gebracht werden sollten und von unserer Kompanie wurden sechs Mann als Begleitpersonal abgestellt. Ich war dabei. Es übernahm jeder acht kleine Pferde. Die Futterbeschaffung war ein Problem. Aus einem Sumpf konnten wir zwei Meter langes Schilf holen. Das war zwar nicht das Ideale, aber aus Hunger knabberten die Tiere alles ab. Die Untersuchungen, Blut abnehmen, Hufbrandnummern, das dauerte einige Tage. Nach 80 Kilometer Fußmarsch wurde auf die Bahn verladen. Rumänisches Personal fuhr den Zug. Über die Karpaten zogen zwei Lokomotiven und eine schob. Stellenweise ging es so langsam voran, daß man daneben herlaufen konnte. Einmal hatte der Zug keine Einfahrt. Lokführer und Heizer gingen in die nächste Kneipe. Auch als das Signal auf freie Fahrt stand und sich auf der Straße eine Fahrzeugschlange gebildet hatte, saßen sie noch gemütlich in der Kneipe. Bis ein rumänischer Offizier die beiden mit einem Donnerwetter rausholte. Die Posten an den Schranken und kleinen Bahnhöfen salutierten in den üblichen selbstgemachten Rindslederschuhen. Dabei waren die Haare nach innen gedreht und vorne verschnürt. In der vierten Nacht stand der Zug auf freier Strecke. Auf einer Wiese sahen wir im Mondschein Heuhaufen. Aus Mitleid mit den hungrigen Viechern holten wir etwas in der Zeltplane und hofften es ging bald weiter. Im Morgengrauen kam der Bauer und verfolgte die Spur. Wir haben viel Angst ausgestanden um unseren Urlaubsschein. Gott sei dank wurde rangiert und die Pferde wurden eine Stunde bewegt und die Waggons ausgemistet. Mit seinen schwarzen schweren Büffelkühen holte der Mann sein Heu weg. Nach einer Fahrt durch das schöne Ungarn wurde in Salzburg ausgeladen.

In Wien hatten wir noch ein paar Tage Aufenthalt. Wir hatten jedoch kaum Geld, da wir mit den täglichen Ausgängen nicht gerechnet hatten. Die letzten Lei hatte ich für eine Flasche Slibowitz ausgegeben. Die paar Mark im Portemonnaie reichten gerade fürs Riesenrad im Prater, die Geisterbahn und den Flohzirkus. Eine Frau führte auf einer Glasplatte die dressierten Blutsauger vor. Wahrscheinlich hatten sie die Hinterbeine abgezwickt, denn wir hatten andere Erfahrungen mit den braunen Quälgeistern. Zum Speisen im Lokal reichte es gerade mal für einen gedünsteten Maiskolben in Milchreife. Lebensmittelmarken hatten wir nicht und es war eben überall Krieg. Endlich, am 30. August hatte ich den unbezahlbaren Urlaubsschein in der Tasche. Im überfüllten Personenzug ging es nachts über Prag, Mittelwalde nach Ebersdorf. Dort stieg ich aus. Vier Kilometer waren es noch bis zum Elternhaus. Oben am Schäferberg verharrte ich unter den alten Linden und genoß die Aussicht. Da vorn im Tal lag Wölfelsdorf. Das Gut mit dem Schloß im Park. Daneben die vom Friedhof umgebene Kirche. Hähne krähten. Sogar das Rauschen der Wölfel war zu hören. So friedlich standen die Häuser an der kurvenreichen Straße. Über dem Spitzberg stand die Morgensonne. Drei Wochen Urlaub waren zu genießen. 21 Nächte durchschlafen, in einem Bett ohne Ungeziefer. Keine Granaten, kein Maschinengewehrfeuer. Es wird kein Mündungsfeuer aufblitzen und keine Leuchtkugel flackern. Bequem und gemütlich als Zivilist vom Teller essen. Ich war der glücklichste Mensch.

Denkste, daheim traurige Gesichter. Mein Bruder Ernst war, trotz dem zerschossenen Fuß wieder eingezogen worden. Und mit demselben Zug, eine Station weiter in Habelschwerdt eingestiegen. Der Abschied war nicht leicht gewesen. Jung und glücklich verheiratet mußte er Frau und Kind zurücklassen. Ein gefangener Franzose war auf dem Hof beschäftigt. Er arbeitete zuverlässig als wäre es sein Eigentum und wurde gut behandelt. Viele Männer waren eingezogen, viele gefallen. Die Menschen hofften auf ein Kriegsende und beteten um den Frieden. Im Wehrmachtsbericht hieß es Rumänien hätte kapituliert. Ständig hörte ich die Nachrichten, aber es kam kein Bericht über das Schicksal der sechsten Armee. Das war verdächtig. Mit banger Ahnung fuhr ich zurück.

Tatsächlich war es wieder eine Katastrophe gewesen. Von den 130 Mann der Kompanie hatten sich soweit zu erfahren war sieben über die Karpaten retten können. Niemand hätte gewußt, ob die verbündeten rumänischen Truppen Freund oder Feind wären. In dem großen Durcheinander hätte sogar ein Russe in deutscher Generaluniform mit Hilfe der Feldgendarmerie einen Tag lang den Rückzug an einer Brücke gestoppt. Kein Restkommando, kein Abwicklungsstab, gar nichts mehr war vorhanden. An einem Bahnhof in Ungarn standen wir, ein Haufen Soldaten. Ein langer Oberleutnant suchte sich 15 Leute heraus und sagte uns wir sollten uns in seiner Schreibstube melden. Da erfuhren wir, daß wir bei der zehnten motorisierten Division gelandet waren. Am anderen Tag bekam ich das „Ofenrohr", eine Panzerabwehrwaffe. Der zugeteilte Munitionsschütze schien nicht der in-

telligenteste zu sein. In den Karpaten gab es keine feste Front. Um die
Pässe wurde hart gekämpft. Da sollten wir eingesetzt werden. Solche
zusammengewürfelten Haufen sind nie beliebt. Einer kennt den anderen kaum. Niemand weiß, auf wen man sich verlassen kann in Not
und Gefahr. So wurde eine Kompanie zusammengestellt. Und wir
kamen auch gleich zum Einsatz. Mit einem Lastwagen wurden wir
eine kurvenreiche, steile Straße zum Uschogpaß hoch gefahren. Es
regnete in Strömen und war finster, als wir oben ausgeladen wurden.
Beim Wenden der Autos sahen wir im Licht den steilen Hang, den wir
hinauf sollten. Der Boden war aufgeweicht und rutschig. Jeder Ast,
den man zum Festhalten erwischte, schüttelte Wasser herab. Schüt-
zende Zeltplanen hatten wir nicht. Es wurde geschimpft und geflucht.
Einer meinte, hätte er geahnt daß es ihm so dreckig geht im Leben,
dann hätte er sich direkt im Mutterleib mit der Nabelschnur aufge-
hängt. Mit ein paar derben Witzen, so einer Art Galgenhumor, verging
auch diese Nacht. Die Sonne kam heraus und zu Mittag waren wir
einigermaßen trocken. Eine kleine Ortschaft etwas seitwärts mit ho-
telähnlichen Häusern sollte verteidigt werden. Aber die Russen schlichen durch die Schluchten unter dem Brombeergestrüpp und hatten
den Ort eingekreist. Weil wir beide außerhalb lagen und mein unbe-
kannter Kamerad der Munitionsschütze den Vorschlag machte, alles
liegen zu lassen und zu türmen, kamen wir unbehelligt aus dem Schla-
massel.

Nach einigen Tagen kamen wir zur Neuaufstellung nach Polen. Das
Grenadierregiment 20 war motorisiert. Ich kam wieder zur 13., zum
schweren Zug. Der Stamm, die meisten Leute kamen aus Bayern aus
der Gegend um Mittenwald. Es dauerte etwas, bis man richtig Kontakt und Vertrauen gewonnen hatte. Es gab neue Ausrüstung und
Waffen. Es wurde viel geübt und exerziert. Der Spieß, ebenfalls aus
Oberbayern war gemütlich. Dagegen glaubte der Chef, Oberleutnant
Heye, ein Schulrat aus Sachsen noch fest an den Endsieg. Um Disziplin und Kampfgeist zu geben, gab es politische Schulung. Ein rede-
gewandter Offizier hielt jede Woche einen Vortrag mit Diskussion.

Einmal sagte er, Propaganda ist eine Waffe und bei einer Waffe kommt es auf die Schlagkraft und den Erfolg an, weniger auf die Wahrheit. Sogar auf Feldpostbriefe mußte eine Durchhalteparole geschrieben werden, was manchmal das dementsprechende Echo auslöste. Ein Unteroffizier wurde bestraft, weil er sich von einem Gefreiten duzen lies. Nächstes Unterrichtsthema war das Verhalten gegenüber Vorgesetzten. Am anderen Morgen fand der Chef einen frischen Haufen vor der Tür, mit einem Zettel, auf dem stand: Das ist auch ein Vorgesetzter.

Einmal kam früh der Hauptfeldwebel zur Befehlsausgabe und sagte, daß der Chef krank sei und nicht komme. Darauf ein Ruf aus dem dritten Glied, daß er vielleicht sterbe. Darauf folgte eine peinliche Stille, denn aus der angetretenen Kompanie hatte keiner unaufgefordert zu reden. Aber der Spieß in seinem bayerischen Dialekt ließ sich nicht aus der Ruhe bringen und meinte trocken: „Da tu mern beerdigen! Ein M.G. 42 kam zur Kompanie., zur Sicherung der Stellung auch gegen Flieger. Weil ich am M.G. 34 ausgebildet war, übernahm ich das M.G.. Ein Unteroffizier gab daran noch Ausbildung. Wir waren deshalb in einem Raum und brauchten nicht zu frieren, wie die Leute am Geschütz. Ein Mann mußte immer Schmiere stehen, damit uns nicht der gestrenge Chef bei einer Rauchpause überraschen konnte. Später beim Scharfschießen hatte ich die meisten Treffer im Quadrat und bekam das M.G. zur Betreuung. Es war mit Stafette und Kreiskorn ausgestattet und sollte zur Sicherung der Feuerstellung gegen Flieger gebraucht werden.

Die Polen in der Gegend sprachen zum Teil deutsch, weil viele als Saisonarbeiter in Schlesien und Pommern in der Ernte gearbeitet hatten. Im allgemeinen waren sie gastfreundlich und sahen in der deutschen Besatzung das kleinere Übel, gegenüber den Russen. Ein Feldwebel übte mit uns das Lied Hohe Nacht der klaren Sterne. Es sollte ein Ersatz sein für die christlichen Lieder. Aber an den Weihnachtstagen ließen sich die alten Lieder nicht verdrängen.

Es gab dort auch eine fröhliche Hochzeit. Einige jedoch meinten, daß die bildhübsche Braut viel zu schade sei für den Schuster, der gar keine gute Figur machte. Auf dem Panjewagen mit einem Korbeinsatz fuhren sie zur Kirche. Einige von uns hatten am Nachmittag gratuliert, tanzten mit und bekamen auch den dabei unentbehrlichen Wodka eingeschenkt. Einmal war der Dorfschullehrer allein beim Flegeldreschen in seiner kleinen Scheune. Ich nahm einen Flegel vom Haken und half ihm erst einmal. Da kam er ins Staunen. Freigiebig bot uns die Hauswirtin ihr Sauerkraut an. Nun hatten wir schon öfter in der Ukraine wohlschmeckende Borschtschsuppe gegessen. Aber wir waren auch Zeuge, wie ein alter Mann barfuß in einer alten Holztonne das Kraut eintrampelte. Seine hochgekrempelten Hosen und die ganze Umgebung waren nicht sehr sauber.

Bald wurden wir wieder verlegt in ein angebliches Partisanengebiet. An einem Tag war eine Parade befohlen. Sauber angetreten im Viereck hörten wir eine Rede vom Durchhalten und anschließend war Vorbeimarsch. Das lange Stehen nur in Feldbluse in der Kälte war unangenehm. Auf der Nachhausefahrt bekam ein Unteroffizier einen Krampfanfall. Jeden Abend wurden ca. 30 Mann zur Wache eingeteilt. Die Dorfwege waren beim Zuckerrüben abfahren zerwühlt worden und hart gefroren. An so einer Straßenkreuzung standen wir Doppelposten. Ein Mann kam aufgeregt angelaufen, und erzählte von Partisanen in seinem Haus. Ich nahm ihn mit ins nahe Wachlokal, wo man sein blutiges Gesicht sah. Es war der Sklep. Weil der Hauptmann selber noch anwesend war, nahm er sechs Mann mit. Männer liefen im Mondschein über die Wiese. Er ging weiter und sagte zu mir ich solle die beiden holen. Sie reagierten aber nicht auf den Anruf in deutsch und polnisch. Erst nach einem Warnschluß flach über ihre Köpfe kamen sie zurück. Die Sache war harmlos. Bei einer Sauferei unter den Polen hatte es Krach und blutende Nasen gegeben. Den Rädelsführern gab der Chef eine Ohrfeige und schickte alle nach Hause. Der Krieg wurde immer brutaler. Einmal holte eine Schlachtkompanie Vieh aus den Häusern. Manchmal halfen die Landser den Quartierleuten eine Kuh zu verstecken. Ein anderes Mal gab es um Mitternacht Alarm. Drei Dörfer wurden umstellt. Wie wir am Morgen erfuhren wurden alle gesunden, abkömmlichen Männer geholt zum Schanzen, angeblich nur für acht Tage.

Als gut ausgerüstete Einheit kamen wir wieder zum Einsatz. Es war zwar während der Fahrt etwas luftig unter der Plane aber es war eine motorisierte Division. Die Zugmaschinen hatten vorne Räder und hinten Ketten, waren also im Gelände gut beweglich. Die feindliche Übermacht war groß. Von der deutschen Luftwaffe war kaum noch etwas übrig geblieben. Während der Fahrt saß immer ein Fliegerbeobachter auf dem Kühler, um mit dem Hochstoßen der Mütze den Fahrer zu verständigen, wenn Maschinen im Anflug waren. Bei den Absetzbewegungen kamen wir über Kalitsch, Krotoschin und Frauenstadt. In einer Nacht standen wir an einem zugefrorenen Fluß, der Warte oder der Netze. In einem Loch war ein Panzer eingebrochen und verschwunden, daneben ein schweres Geschütz. Trotzdem riskierte Hakel Sepp, unser tüchtiger Fahrer, die Überfahrt langsam über den Fluß. Mit offener Seitentür, zum Absprung immer bereit, kam er rüber.

Göbbels verkündete Wunderwaffen und rief zum Durchhalten auf. Wir gleichen dem Marathonläufer, der ohnmächtig hinter dem Ziel zusammenbricht, aber den Lorbeerkranz in den Händen hält. Trotzdem hatte keiner Lust sich in dem sinnlosen Krieg totschießen zu lassen. Kriegsgefangene und Zivilisten hatten unter schweren Strapazen ein gut ausgebautes Grabensystem geschaffen, wo der Feind gestoppt werden sollte. Aber beim Panzergraben hatte der Russe die Übergänge besetzt und dies wurde uns zur Falle. Über Nacht standen wir im Wald vor diesem vier Meter tiefen Hindernis. Ein Offizier rief zur Selbsthilfe. Entweder wir fällen Bäume, um rüber zu kommen, oder lassen die Geschütze stehen und gehen zur Infanterie. Da packte alles mit an.

Auf einer kleinen Anhöhe bei einer Windmühle waren junge 18-jährige zur Verteidigung eingesetzt. Über Nacht wurde die Windmühle in Brand geschossen und der Iwan knallte mit einer leichten Pak die Hitlerjungen im Feuerschein einzeln ab. Unser Zurufen, sie sollen abhauen war vergeblich. Denen war eingeimpft, Zurückgehen ist Feigheit. Eingraben war bei dem gefrorenen Boden nicht so schnell möglich. Gefahren wurde nachts.

Wegen der Flieger wurde nur eine Scheinwerfer eingeschaltet. Da galoppierten zwei Fohlen im Lichtkegel. Ich saß auf dem Kühler als

Fliegerbeobachter und sah wie ihnen der Schweiß kleckte, aber sie wagten nicht ins Dunkle auszubrechen.

Die Stadt Glogau wurde zur Festung erklärt. Kein Soldat verläßt Glogau tönte es aus den Lautsprechern. Die Front wurde östlich gehalten. Wir lagen in einem Vorort namens Schlichtingshein. Die Geschütze standen am Ortsrand in Schrebergärten. Mein M.G. war neben einer Gartenlaube. Es war ein mit Efeu überwachsener alter Kombiwagen. Weil die Hochspannung im Schußfeld lag, wurden die Masten unten mit der Axt um einen Meter Höhe gekürzt. Jetzt hingen die Drähte in knapp zwei Meter Höhe über dem Weg und standen aber immer noch unter Strom. Ein Unteroffizier, der nachts ahnungslos daherkam, stieß mit dem Kopf dagegen. Wir sahen die Stichflamme. Am nächsten Tag bekam er die Besinnung wieder. Die Leute waren ins Schlichtingsheim geflohen. In den leeren Häusern fanden wir Kartoffeln und Eingekochtes, was wir jahrelang entbehrt hatten.

Parolen waren im Umlauf, daß Verhandlungen mit den Westmächten im Gange wären. Niemand wußte Genaues. Wie brutal sich die Eroberer gegenüber der wehrlosen Zivilbevölkerung benahmen, wollten wir anfangs nicht glauben. Augenzeugen, denen Angst und Schrecken noch im Gesicht standen, bestätigten es. Deshalb flohen viele in langen Trecks. Ungeschützt gegen die Kälte und wehrlos bei Fliegerbeschuß. Oft waren die Straßen verstopft. Da die meisten Männer eingezogen waren, traf es Frauen und Kinder am härtesten. In den Ställen brüllte das Vieh mit prallen Eutern und vor Hunger. Manche Ortschaften beschlossen zu bleiben. Es tat in der Seele weh, wenn sie schutzlos zurückblieben. Jetzt bekam mancher erst Mut zur Verteidigung. In einem zurückeroberten Dorf war ein altes Ehepaar geblieben und von den Russen nicht belästigt worden. Die Frau sagte das die Russen den scharfen Hund erschossen hätten und er liegt in der Hütte. Ich zog die Kette zur Seite, weil sie im Weg lag. Plötzlich kam der große graue Schäferhund winselnd heraus und kroch wieder rein.

Am 17. Februar 1945 waren die Geschütze in einem Wiesengrund in Stellung gebracht worden. Der Chef mit dem Funker gingen auf eine kleine Anhöhe. Den Munitionsträger und mich mit dem M.G. nahm er zur Sicherung mit. Zwei Kilometer vor dem Dorf wimmelte es von Sowjets. Hinter einem Steinhaufen nahmen wir zwei volle Deckung. Der erste Schuß von drüben saß genau. Abschuß und Einschlag erfolgten im Bruchteil einer Sekunde aufeinander. Wahrscheinlich eine vier Zentimeter Pak. Mit Pulverdampf in der Nase und einem Brennen im Körper sprang ich auf und lief zurück. Die Beine tatens noch. Wie die Bienen zischten die Gewehrkugekn vorbei. Meine Feldbluse war durchsiebt. Der linke Arm hing schlaff herunter und aus dem Ärmel floß Blut wie aus einer Kaffeekanne. Der Sanitäter legte mir in der Feuerstellung einen Notverband um Brust und Hautfetzen im Gesicht an. Da spürte ich, daß auch mein rechtes Auge was abgekriegt hat. Jetzt erst machte sich Schmerz und Durst bemerkbar. In jenen Tagen hatten wir meistens eine 20 Liter Kanne mit Milch dabei. Ich trank zweimal das Kochgeschirr leer. Dann fuhr mich Hakel Sepp ins Dorf zum Hauptverbandsplatz.

Lazarettaufenthalte

In einer Scheune lagen schon mehrere Kameraden auf dem Stroh und warteten auf den Abtransport. Bei Tag war es nicht möglich. Pausenlos krepierten die schweren Brocken im Ort und hinterher rappelten die Dachziegel von den Dächern. Abends kamen die Sanitäter mit vier Tragbahren für 15 Mann. Wer noch zwei Beine hatte, mußte laufen. Geschwächt durch den Blutverlust schlich ich hinterher. Später nahm uns ein Lastauto mit. Wegen Fliegerbeschuß fuhr er nicht auf der Straße sondern knochenharte Feldwege. Die armen Kerle schrieen und schimpften vor Schmerzen. Ich konnte noch etwas in den Knien federn. Die Feldbluse und Jacke waren lose über die nackte Brust gehängt und der eisige Wind biß zusätzlich. Vielleicht war es Guben oder Sommerfeld, wo ein Behelfslazarett eingerichtet war. In einer Turnhalle standen viele Feldbetten. Der Arzt diktierte den Befund und lies lockere Verbände erneuern. Die Strapazen der letzten Wochen, Blutverlust und der Nachtmarsch im Fieber und bei Kälte hatten meine letzten Kraftreserven aufgebraucht. So schlief ich erst einmal, fast den ganzen Tag. Als wir abends im Finsteren in den Lazarettzug verladen wurden, hörten wir in der Ferne die Stalinorgel. Im Viehwaggon lag unten Holzwolle. Ich fand Platz in der Mitte neben dem Ofen. Weil es mir mit meinem Wundfieber dort zu warm war, tauschte ich den Platz mit einem an der Tür. Dort zog es während der Fahrt. Ziel des Lazarettzugs war Bayern. In Berlin wurden die nicht mehr Transportfähigen ausgeladen. Der Sanitäter schickte mich mit heraus, wegen meinem vereiterten Auge.

Spät abends kamen wir im Reservelazarett in Berlin-Tempelhof an, wo speziell Augen und Kieferverletzte behandelt wurden. Es wurde sofort untersucht. Nach drei Tagen war ich in ärztlicher Behandlung. Am nächsten Morgen um sechs Uhr lag ich auf dem OP-Tisch. Bei örtlicher Betäubung versuchten sie mit einem elektronischen Magneten den Splitter zu entfernen. Es klappte nicht. Dem Arzt erzählte ich von den Steinhaufen, in den die Granate detonierte. Er meinte daher käme wohl die starke Vereiterung. Nach zwei Tagen sprach der Arzt bei der Visite vom Amputieren. Bei der Vereiterung ist das gesunde Auge sonst gefährdet. Die nächste Nacht war schlaflos nicht nur wegen dem Fliegeralarm. Fragen kreisten in meinem Kopf: Wie kommst du nun im Leben zurecht? Wie schreibst du es schonend nach Hause?

Am nächsten Morgen lagen wir mit vier Mann vor dem OP zum amputieren. Jeder bekam eine Spritze in den Arm und die Schritte im Flur wurden immer leiser und schienen sich immer weiter zu entfernen.

Ein Zwanzigjähriger aus unserem Zimmer wurde entlassen. Mit einer Begleitperson fuhr er heim nach Köln zu seiner Mutter. Eine Miene hatte ihm beide Hände verstümmelt und das Gesicht verbrannt, das mit blauer Haut wieder verheilt war. Er war blind auf beiden Augen. Aber er hatte Lebensmut und Humor behalten. Er zeigte uns, wie er die Geldstücke an der Größe und den gerauhten Rändern erkennen und wie sicher er sich schon bewegen konnte.

Fliegeralarm gab es jede Nacht. Hunderte von Kranken mußten in den Keller. Da lagen sie auf den Pritschen in den weißgekalkten Gewölben. Mit Kopfverletzungen von denen man glaubte, daß kein Mensch damit überleben kann. Einem wurde mittels Hautverpflanzung eine neue Nase geformt, einem fehlte der halbe Unterkiefer. Bei einem anderen ragte ein Schlauch aus dem gänzlich verbundenen Kopf. Das Schweigen wurde nur durch den Rundfunksprecher unterbrochen, der laufend die Position, die Flugrichtung und die Stärke der anfliegenden Bomberverbände ansagte. Nach der Entwarnung waren die Zimmer kalt. Wegen dem Luftdruck mußten die Fenster offen bleiben. Heizmaterial war knapp. Manchmal war Stromsperre und kein Aufzug in Betrieb. Da mußten die Bettlägerigen die Treppen hoch getragen werden. Ärzte und Pflegepersonal haben Übermenschliches geleistet, Tag und Nacht. Ein Chirurg untersuchte oberflächlich meine anderen Verletzungen und meinte, daß daran vorläufig nichts gemacht würde. Einige Splitter würden von alleine herauseitern. Der Sanitäter war beim Verbinden anderer Meinung. Besonders aus einem Loch in der Brust kam immer dunkelroter Eiter heraus. Wir fragten die immer hilfsbereite Oberin, woher sie käme. Da meinte sie, sie hätte keine Heimat. Eine hübsche nette Schwester stammte aus Elsaß-Lothringen. Sie ging abends durch die Stuben mit dem Tablett und fragte, wer noch einen Wunsch habe. Da meldete sich einer aus der Ecke und wollte am nächsten Morgen mit einem Kuß geweckt werden. Schlagfertig kam die Antwort, daß das ginge, sie würde dem Sanitäter Bescheid sagen.

Einmal wurde ein Schlesier gesucht, der Dialekt spricht. Ich meldete mich und bekam Besuch von einer freundlichen Frau. Sie war Schauspielerin bei der Frontbühne und konnte bereits die Dialekte von Berlin, Österreich, dem Rheinland und Bayern. Ich sollte ihr die schlesische Mundart beibringen, da sie an einem Stück für die schlesischen Landsleute probte. In dem Stück bringt der Hans das Mariechen nach Hause. Sie will erst nachsehen, ob die Mutter schläft und ruft ihm zum Fenster raus: „Kannste schleichen?" Als Hans hoffnungsvoll bejaht, erhält er zur Antwort: „Dann schleich mal langsam heim!" Das mußte ich ihr auf schlesisch vorlesen und sie machte sich Notizen. Nach dem dritten Besuch konnte sie es. Ihre Besuche brachten für mich etwas Abwechslung, zumal sie immer etwas zum Knabbern mitbrachte.

Nebenbei gab es bei einer Visite das Verwundetenabzeichen in Silber. Viel Wert wurde nicht darauf gelegt, denn Orden und Ehrenzeichen sind nur für Sieger interessant und wertvoll. Das war der dritte Orden. Für den ersten Winter an der Ostfront gab es die Ostmedaille.

Spötter nannten sie den Gefrierfleischorden, auf dem eine erfrorene Zehe abgebildet wäre. Die zweite Auszeichnung war das Kriegsverdienstkreuz. Das gab es für besondere Leistungen, die nicht direkt mit der Waffe erbracht waren.

Allmählich war der Obergefreite Kuschel transportfähig und für den nächsten Lazarettzug vorgemerkt. Der wurde am 8. März wegen Fliegerangriffen abends im Dunkeln beladen. Es waren richtige Krankenwaggons. In der Mitte ein Gang, rechts und links die Betten dreistöckig. Es gab Fliegeralarm und auf dem Nebengleis stand ein Munitionszug. Schwerbeladen flog ein Bomberverband über uns hinweg. Alles zitterte vor Angst. Der Munitionszug wurde hinaus auf die freie Strecke geschoben und weiter hinten abgeladen. Es war wieder einmal gut gegangen.

Wir wurden weiter nach Forchheim bei Erlangen transportiert. Dort sah es ziemlich friedlich aus. Kaum ein Haus war zerstört. Die Landwirtschaftsschule war als Lazarett eingerichtet. Zwölf Betten standen im Klassenzimmer. Einem jungen Unteroffizier waren alle Zehen abgefroren. Das war nicht schmerzhaft aber stank. Er konnte an den blanken Knochen wackeln. Daneben lag ein Schäfer, der strickte Socken. Gegenüber im Bett lag ein Muttersöhnchen. Der jammerte und schrie, wenn er nur einen weißen Kittel sah. Ganz das Gegenteil lag vorn an der Tür, ein Unterscharführer der SS. Ihm sollte eine zerschossene Hand amputiert werden. Er wehrte sich dagegen und wollte Daumen und Zeigefinger behalten. Das war wohl für die Ärzte schwieriger, wurde aber gemacht. Nach der Operation war er gleich wach und wollte nicht getragen werden. Zwei Tage später reichte er Sonntagsurlaub ein. Das wurde abgelehnt. Auf sein Bitten genehmigte der Arzt Ausgang in den anschließenden Park. Abends lag er kreideweiß im Bett. Neugierig hatte er den Verband gelöst. Fast verblutet hatten sie ihn draußen gefunden. Jetzt war er bekehrt vom Helden spielen. Bei Fliegeralarm, der selten gegeben wurde, mußten wir in die Felsenkeller am Park. Die wurden auch von einer Brauerei als Lagerraum genutzt, wegen der kühlen Temperatur. Nach der Entwarnung war die warme Märzsonne eine Wohltat. Wenn ein Soldat starb, was öfter vorkam, wurde er mit allen Ehren beerdigt. Zwei Geistliche waren meistens dabei und sprachen die Gebete. Kameraden trugen den Toten und eine Ehrenformation war angetreten. Hier wurde wieder ein Unterschied gemacht zwischen Mensch und Tier. Zu Ostern kamen Einladungen in Familien. Das war eine angenehme Abwechslung und wurde dankbar angenommen.

Meine Einschußwunden waren fast vernarbt, bis auf ein Loch in der Brust und am linken Oberarm. Auch die Augenhöhle war ausgeheilt. Mit drei Mann bekamen wir Fahrkarten nach Lauscha im Kreis Sonnenberg, einem romantischen Glasbläserdorf im Thüringer Wald. Das erste Glasauge wurde angefertigt. Jetzt brauchten wir nicht mehr die schwarze Augenklappe tragen. Am Tag vorher hatten zwei junge Mädchen noch gekichert, als wir zu dritt, jeder mit Augenklappen auf dem Bahnsteig standen.

Wer halbwegs gesund war, wurde zu leichten Arbeiten eingeteilt. Beim Küchendienst fiel zwar manchmal etwas Eßbares ab. Kartoffeln schälen dagegen war nicht unbedingt erstrebenswert. Ich war lieber Beifahrer. Das Lazarett hatte ein Schimmelgespann für Verpflegungsfahrten und andere Nahtransporte. Wer einigermaßen gesund gepflegt war wurde wieder eingezogen. Als der bisherige Fahrer auf diese Weise ausfiel, fragte mich der Spieß, ob ich das Gespann übernehmen könnte. Viel Kraft hatte ich noch nicht im linken Arm aber in der Binde brauchte er nicht mehr gehalten werden. Das war etwas umständlich beim Verpflegung holen aus Erlangen. Es war mit Jagdfliegern zu rechnen. Einmal hatte ich einen Platten und bei den alten Autoreifen war kein Ersatzrad. Ansonsten brachte die Arbeit Abwechslung. Man war weitgehend sein eigener Herr und sah mal etwas anderes wie nur das Lazarett von innen. Gelegentlich fiel auch etwas Verpflegung für einen ab. Der Stall war zwei Häuser von der Schule entfernt. Das kamen auch die Nachbarhühner im Mist scharren. Eine Weiße legte dafür ins Stroh.

Als die Amies nährer rückten wurde ein Sektlager geräumt und pro Mann gab es fünf Flaschen. Einen Karton mit zehn Flaschen konnte ich organisieren und den Gastgebern vom Ostersonntag ein spätes Geschenk bringen.

Ein Transport wurde nach Marienbad zusammengestellt. Ich meldete mich dazu. Der Hauptfeldwebel wollte mich zwar behalten, aber ich glaubte dadurch der Heimat etwas näher zu kommen. Am 8. April hatten wir den Marschbefehl nach Marienbad. Tagsüber war immer mit Tieffliegern zu rechnen. Sie flogen am Zug entlang oder nahmen die Lok ins Visier. Zwischen Nürnberg und Fürth, wo einmal die erste Eisenbahn fuhr, mußten wir zu Fuß gehen, weil alles zerbombt war. Ein- und aussteigen passierte auf dem Bahndamm, weil die Bahnhöfe meistens umgewühlt waren. Am schlimmsten sah der Bahnhof in Eger aus. Da ragten verbogene Schienen aus den Granattrichtern.

In Marienbad und in Karlsbad war alles überfüllt mit Verwundeten. Die Sowjets nahmen jedoch keine Rücksicht auf das Rote Kreuz. Bei Fliegerangriffen heulten die Sirenen zwar, die Leute gingen aber nicht in die Luftschutzräume. Bei hellem Tage flogen die Bombergeschwader in geschlossener Formation ungestört ihr Ziel an. In den Parkanlagen wurde Gemüse und Kartoffeln angebaut.

Wir bekamen einen neuen Marschbefehl nach Pirna in Sachsen. Ein Unteroffizier und sechs Mann marschierten also über das Erzgebirge von Ort zu Ort. Zwei Lahme bestimmten das Tempo. Bei jeder Ortskommandantur gab es einen Stempel und Marschverpflegung. Nicht gerade reichlich, aber wir übernachteten bei Bauern, manchmal in Betten, manchmal auf Stroh. Weil die meisten ihre Männer oder Söhne an der Front hatten, bekamen wir manchmal Frühstück, eine Butterschnitte oder Pellkartoffeln mit Quark. Pirna hatte der Russe eingenommen. Dresden lag in Trümmern. Dort hatte ein Mann aus dem Hinterhalt auf Soldaten geschossen, um einmal als Widerstandskämpfer bei den Russen zu gelten. Er war festgenommen und zum Tode verurteilt worden. Sieben Unteroffiziere wurden freiwillig für das Erschießungskommando gesucht. Sie waren schnell zusammen.

Der Marschbefehl wurde umgeschrieben nach Teplitz-Schönau im Sudetenland. In der Nordkaserne lag eine Genesungskompanie, 1600 Mann stark. Täglich kamen Neuzugänge. Davon suchte sich der Chef ca. 100 Leute heraus zu einem Unteroffizierslehrgang. Es waren meistens Ober- und Stabsgefreite. Ein vernünftiger Oberfeldwebel war Zugführer. Bei den altgedienten klappte der Schritt und Gesang. Es gab keine Schikane. Meistens marschierten wir hinaus ins Gelände in die warme Frühlingssonne. Es war Ende April 1945. Zweimal wurden Gärten durchsucht nach Deserteuren, aber keiner gefunden. Wer hatte auch Interesse daran. Weil wir angeblich Dienst machten, brauchten wir uns nicht in die endlose Schlange zum Essen fassen anstellen. Mit einer Kundgebung auf dem Marktplatz wurde Hitlers Tod begangen. Der Fahneneid geht auf Dönitz über, wurde bekannt gemacht. Westlich der Stadt standen die Amerikaner. Obwohl ihnen kein Widerstand geleistet wurde, kamen sie nicht weiter. Uralte Karabiner und Handgranaten wurden ausgegeben, um die Stadt im Osten zu verteidigen. Wer noch nicht kriegsverwendungsfähig war, wurde entlassen. Ich hatte diese Eintragung noch nicht, also nichts wie hin zur Schreibstube, um den Entlassungsschein zu holen. Nun hieß es sich möglichst von der Kaserne zu entfernen, um nicht in Gefangenschaft zu geraten. Weiter im Süden, bei Leitmeritz kämpfte General Schörner noch mit der SS, um nach Österreich zu kommen.

Heimkehr
mit Hindernissen

Am 8. Mai wurde noch geschossen. Granatwerfer und Artilleriefeuer lag ringsum. Um die Gefallenen kümmerte sich niemand mehr. Also nichts wie weg aus der Gefahrenzone, Richtung Norden. Da kontrollierte der Russe schon die Straße. Der erste durchsuchte uns nach Waffen. Wir hatten keine. Dann riß er uns die einfachen Schulterklappen runter, schnitt den Obergefreitenwinkel und alles ab, was ihm nicht gefiel. Der nächste Gedanke war, Zivilist werden. Die Leute waren dabei behilflich. In einem Haus wohnten zwei junge Frauen, die auf die Heimkehr ihrer Männer warteten. Sie borgten uns einen Anzug. Wir wechselten die Adressen aus, um ihn wieder zurückzuschicken.

Zwei Dörfer westlich lag der Ami. Da versuchten wir in kleinen Trupps über Nacht hinzukommen. Es wimmelte überall von Sowjetsoldaten. Wir versuchten mit vier Mann durchzukommen. Es war wie beim Spähtrupplaufen. Kurz vor dem Ziel, wir hörten schon die Hunde im Dorf, flog eine Zigarettenkippe. Wir legten uns flach hin und beobachteten, was weiter passierte. Gleich darauf kam eine kleine Schar Frauen mit Kindern laut redend. Dort wo die glühende Kippe gefallen war, blinkte eine Taschenlampe auf. Ein Russe ließ keinen durch. Er war freundlich und sagte: „Alle zurück erst schlafen, Wojna (Krieg) kaputt, morgen alle nach Hause." Wir schlossen uns lautlos hinten an. Die anderen übernachteten in einer Scheune, wir warteten mißtrauisch unter Bäumen. Am nächsten Morgen versuchten wir es auf der

Straße. Weinende Frauen kamen uns entgegen. „Keinen lassen sie durch. ,
berichteten sie, „Die Männer werden gefangen genommen und wir wurden zurück geschickt." Jetzt wollte ich mit dem Zug nach Hirschberg,
Richtung Heimat. Am 10. Mai wurde einer in Maria Schein eingesetzt, in
den stieg ich ein. Er war total überfüllt. Nicht nur die Abteile und Gepäcknetze waren belegt, auch die Waggondächer und jeder Puffer war
besetzt. Auf den Trittbrettern war kein Stehplatz mehr frei.

Auf freier Strecke wurde der Zug gestoppt und alle auf eine Wiese
geführt. Da sortierten die Russen erst mal alle SS-Leute heraus. Die
anderen wurden unter Bewachung Richtung Riesengebirge geführt.
Soldaten mit Maschinenpistolen führten den Zug durch die Dörfer,
vorbei an mitleidig nachschauenden Menschen. Manche stellten einen
Eimer mit Wasser und Tassen an die Straße, was dankbar begrüßt wurde.
Übernachtet wurde auf einer Wiese. Am ersten Abend holten sich die
Wachsoldaten die jungen Frauen aus dem Haufen und 500 Männer
mußten hilflos zusehen. Später wurden sie mit Männerkleidung getarnt. Die Soldaten verpflegten sich selbst, indem sie abends in die
Häuser plündern gingen. Zwei Deutsche, die gut russisch konnten,
gingen mit als Dolmetscher. Ich suchte noch einen zuverlässigen Kameraden zum abhauen. Olbricht aus Altbazdorf war noch unentschlos-
sen. Am dritten Tag wurde Mittagsrast gemacht.

Ein Bauer mußte in seinem 200 Liter Viehkessel Kartoffeln kochen. Die wurden in eine Wanne gekippt und wie hungrige Wölfe stürz-
ten sich die Rücksichtslosesten darauf. Meine eiserne Ration Brot in
der Tasche war unbezahlbar.

Von einem Beinamputierten auf Krücken erfuhren wir im Vorüber-
gehen, daß schon mehrere Transporte durch wären. Das Ziel wäre ein
Lager in Marklisa. Von dort aus ging es nach Osten. Mit einem Zwanzigjährigen aus Grulich schmiedeten wir einen Fluchtplan. Er war bei
der SS gewesen und hatte Angst entdeckt zu werden. Die hatten alle
die Blutgruppe unter dem Arm tätowiert. Wir lagen in einem Fabrik-
hof mit einfachem Stacheldraht umzäunt. Dort gab es eine Stelle, wo
man durchkriechen konnte. Es klappte im Morgengrauen. Wir sind

um unser Leben gerannt. Aber die Trillerpfeife war wohl der Weckruf. Nun pirschten wir uns durch die Wälder über das Riesengebirge von Ort zu Ort. Entlegene Häuser waren oft feindfrei. Aber auch da passierte es, daß sich über Nacht die Hilferufe von Haus zu Haus fortpflanzten. Dann nichts wie raus in die Wälder. Ein paarmal begegneten wir Rheinländern, die entgegengesetzt pilgerten. Wir tauschten Erfahrungen und ein Stück Karte aus. Fast überall wurde unsere Flucht von der Bevölkerung hilfreich unterstützt. Es sei denn sie hatten Angst, daß die Russen ihr Haus anzünden würden, wenn sie Fremde darin entdeckten.

Bei Erwin Krain mußten wir vorbeikommen. Mit einem Ochsengespann riß er eine Panzersperre aus Baumstämmen ab. Seine Pferde hatte er oben im Wald versteckt und ging täglich hinauf zum Füttern. Und das mit einer Beinprothese. So gern er uns eingeladen hätte, aber es waren rabiate Russen auf dem Hof, die uns sofort gefangen hätten. Seine Schwester, die wir von den Fotos als hübsches Mädchen kannten, trug alte Kleider und sah ungepflegt aus, um bei den „Befreiern keine Aufmerksamkeit zu wecken.

Am Pfingstmontag hörten wir aus einem der abseits gelegenen Häuser am Annaberg bei Neurode Musik von einem Schifferklavier. Wir drehten einen Walzer mit und wurden zum Kaffeetrinken eingeladen. Die hatten noch keine Erfahrung mit den Besatzern. Bei einem Holzfäller schliefen wir ungestört im Heu. In größeren Dörfern, wie in Rotwaltersdorf peilten wir von einem Baum erst die Lage und sahen einen Bauern beim ersten Gras mähen. Ohne die Arbeit zu unterbrechen schickte er uns schnell in die Scheune ins Stroh. Leise kam dann seine Frau mit einem Topf Milch und dicken Schnitten für jeden. Dann erzählte er, daß er auch erst einige Tage daheim sei. Auf der Straße würde ein Posten patrouillieren, der jeden einfängt, der sich nicht ausweisen könne. Er machte eine Skizze, wie wir am besten nach Gabersdorf kämen. Als der Posten um die Ecke war, machte er das Schiebetor auf und mit ein paar Sätzen waren wir hinter dem Kornfeld.

Bei Familie Furche in Gabersdorf war ich bekannt. Da mußten wir über Nacht Zuflucht suchen. Während der Mann die Tür aufmachte, flüchteten wir und die Tochter in einen Taubenschlag auf den Speicher. Am nächsten Abend erreichten wir die Familie Jung in Oberhansdorf. Sie versteckten uns sofort. Wie wir später erfuhren war am anderen Morgen nach unserer Abreise eine Hausdurchsuchung nach Soldaten gewesen. Hinter Kunzendorf trennten wir uns. G. Vogel wollte nicht mit nach Wölfelsdorf, weil große Dörfer immer stark von den Russen besetzt sind. In Kislingswalde und Mariendorf konnte keiner Auskunft geben wie es daheim aussah. Nun stand ich auf der Heimatflur aber kein Mensch war auf unserem Feld zu sehen. Nur ein paar Pferde im hohen Klee. Neben der großen Fichte am Feldweg war die Nachbarin Frau Kreisel mit einer alten Magd am Disteln stechen. Sie stieß einen Freudenschrei aus. Meine bange Frage, ob ich mich nach Hause trauen konnte, beantwortete sie mit ja. Die Russen würden zwar in den Schlafzimmern wohnen, in der Scheune stünden ihre Pferde und auf dem Hof seien Lastautos aber die Soldaten seien einigermaßen vernünftig. Auf die zweite Frage, ob Ernst schon daheim sei, gab sie keine Antwort sondern fing an bitterlich zu weinen. Wortlos gingen wir auseinander. Langsam ging ich am Bach entlang über die Wiese. Sollte auch er noch gefallen sein, die letzten Tage? Glücklich verheiratet, Frau und Kind zurücklassend wie so viele, das war unfaßbar, das darf nicht wahr sein.

Im Hof standen alle Tore und Türen offen. Nur fremde Menschen waren zu sehen. Endlich fand ich im Hausflur die Mutter. In ihrem Ausgedingestübchen oben am Giebel wohnte und schlief jetzt auch die Schwägerin mit dem Kind und meine Schwester. Die furchtbare Nachricht vom „Heldentod" meines Bruders hatte der Ortsgruppenleiter Brauner als eine seiner letzten Amtshandlungen überbracht. Russische Offiziere mit ihren Burschen schliefen in den besten Zimmern. In den Dachkammern wohnten Flüchtlingsfrauen mit Kindern. Eine zog aus, aber es kamen neue, die von den Tschechen ohne Habe über die Grenze gejagt worden waren. Georg Knauer, ein sechzehnjähriger Junge aus Spätenwalde, der schon länger auf dem Hof arbeitete, war noch da mit Fritz Würz, einem Soldaten aus Sachsen, der wie viele etwas ruhigere Zeiten abwarten wollte. Eine Flüchtlingsfrau aus Oberschlesien hatte sich mit den Russen angefreundet, was den Vorteil hatte, daß unsere Frauen nicht belästigt wurden. Sie lebte zwar nicht schlecht und schlief mit den Genossen, aber niemand war neidisch auf sie. Jeder Deutsche mußte eine weiße Armbinde tragen und war Freiwild. Zuerst nahmen sie die Uhren ab. Ein Russe zeigte voll Stolz seinen Unterarm bis zum Ellebogen voller Armbanduhren. Fahrräder waren sehr beliebt und wurden solange gefahren, bis sie verbogen waren. Heimlich hatten wir Schadenfreude, wenn einer Fahrrad fahren lernte und runterflog. Motorräder und Autos wurden weggeholt, soweit sie fahrbereit waren. Bei den Hausdurchsuchungen nach Waffen wurden vor allen Dingen Radios und Fotoapparate mitgenommen. Aber auch Anzüge, Wäsche und alles was interessant war. Solange die Offiziere jedoch bei uns im Quartier waren, hatten wir verhältnismäßig Ruhe. Es kam auch ganz auf den jeweiligen Ortskommandanten an. In Nachbardörfern wurden Frauen bei brutalen Vergewaltigungen zu Tode gequält oder verbluteten. Die jungen Mädchen aus dem Oberdorf übernachteten manchmal beim neuen deutschen Bürgermeister Linke. Er hatte die Aufträge für die Besatzer zu erfüllen und sein Hof war vor Plünderungen sicher. Der alte Bürgermeister Brauner und andere Parteifunktionäre waren abgeholt worden.

Natürlich suchte jeder sein Hab und Gut zu retten. Schmuck und Wertsachen wurden versteckt. Wäsche, die in luftdicht verschlossenen Milchkannen vergraben war, war nach wenigen Wochen modrig. Wem noch die vollen Einkochgläser geblieben waren, der suchte ein geeignetes Versteck. Ein Gewehr oder andere Waffen im Haus zu haben war lebensgefährlich.

Franzosen, die als Gefangene bei den Bauern gearbeitet hatten, zu denen meistens ein gutes Verhältnis bestand, konnten nicht helfen. Sie waren im Lager in der Exner Mühle untergebracht und warteten auf den Transport in ihre Heimat. Auch unser Franzose kam einmal um sich einen Topf auszuleihen. Gefangene wurden von den Russen als Feiglinge betrachtet. Auch die eigenen Leute, die als Fremdarbeiter den Krieg gut überstanden hatten, kamen nicht in ihre Heimat zurück.

Sie wurden in Lagern zusammengezogen und militärisch ausgebildet. Draußen in unserem Wald war so ein Lager aus Reisighütten. Sie hatten keinen Ausgang und viel Waffenausbildung. Mit eintönigem Gesang marschierten sie ins Dorf zum Essen holen. Auch trugen sie noch ihre Zivilkleidung.

Zeitungen und andere Mitteilungen gab es nicht. Zwar hingen Anschläge von Stalin da, auf denen stand Das deutsche Volk soll leben, aber die Praxis sah anders aus. Hauptaufgabe der roten Armee war der Abtransport der Beute. Auf der Straße von Breslau nach Prag, welche durchs Niederdorf führte, fuhren Tag und Nacht schwere Lastkraftwagen beladen mit Getreide, Kartoffeln, Möbel, Maschinen aller Art, Kleinvieh und Fellen. Rechts und links der Straße wurden endlose Viehherden getrieben. Dabei gab es viel Verluste. Die Kühe waren solche Märsche nicht gewohnt. Oft hatten sie Sand zwischen den Zehen, was eiterte. Sie lahmten und konnten nicht mehr.

Am 5.8.1945 notierte ein Russe mit dem deutschen Bürgermeister den Viehbestand. Fünf Personen durften eine Kuh behalten. Alles andere mußte auf das Dominium getrieben werden. Wir hatten noch fast den normalen Bestand von 20 Stück Rindvieh. Weil wir mit den Flüchtlingen 15 Personen waren, konnten drei Kühe und ein Kalb bleiben. Es wurden vorher Tiere verschenkt. Trotzdem kamen 970 Rinder zusammen. Sie wurden auf ein paar Ställe verteilt, wo sie so eng standen, daß sich nicht alle hinlegen konnten. Dahin mußten die Bauern Heu und Stroh liefern. Wir hatten vier schwarzbunte Kühe wieder etwas hochgepäppelt, die drei Wochen zuvor lahm und abgemagert von den Russen gebracht wurden. Jetzt verkamen sie wieder in den Massenställen. Das war kommunistische Bewirtschaftung. Wer zwei Kühe besaß war ein Kapitalist und wenn ein Handwerker einen Gesellen beschäftigte, war er ein Ausbeuter. Es wurden täglich beim Fleischer Kölbel mehrere Rinder geschlachtet und nach Kunzendorf in die Konservenfabrik gebracht. Den Deutschen stand jedoch kein Fleisch zu. Aber Frau Kölbel durfte manchmal Wurstfülle, Graupen mit Blut für die Dorfbewohner zurecht machen. Weil wir zum Fleischer gute Beziehungen hatten, bekamen wir auch mal einen Kuhkopf, der noch abgezogen werden mußte.

Obwohl in der Grafschaft Glatz kein Widerstand geleistet wurde und nichts zerstört war, war die Not groß. Wölfelsdorf hatte vor dem Krieg 1900 Einwohner. Zusätzlich waren jetzt über 2000 Flüchtlinge untergebracht. Viele kamen in den Tagen aus dem Sudetenland und waren von den Tschechen brutal ohne Habe über die Grenze gejagt worden. Sie wurden auf einzelne Höfe verteilt. Getreide mußte abgeliefert werden und wurde in Wölfelsgrund und in der Freirichterei in Ebersdorf in Sälen aufgeschüttet. Weil die Russen beim Einmarsch auch die Kaufläden geplündert hatten, wurden die Menschen erfinderisch. Holzasche wurde filtriert und anstatt der Seife als Waschmittel gebraucht. Der Saft von Ebereschbeeren war Essigersatz. Obst, Holunderbeeren und andere Waldfrüchte wurden gesammelt. Wer Rüben kochte, hatte sogar Zuckerersatz. Schlimm war es für Alte und Kranke. Im Sanatorium Neue Mühle im Urnitztal waren Tuberkulosekranke. Viele davon starben. Die Schwestern bettelten um Getreide. Heimlich konnten wir manchmal ein paar Pfund von der Schrotmühle abgeben. Wir haben selber von Roggenschrot Brot gebacken. Es gab mehrere Fälle von Darmtyphus. Trotzdem hatten die meisten Hoffnung für die Zukunft und Mut zum Neubeginn. Einmal werden die Russen abziehen und wenn wir den Grund und Boden behalten werden wir weiterleben. Aber es kam noch schlimmer.

Besiedelung der Heimat durch die Polen

Kartenleger und Wahrsager hatten viel Zulauf. Mit einem pendelnden Ehering über dem Bild des Vermißten konnten sie sagen ob der Betreffende noch lebt und wann er wieder kommt. Für ein paar Kartoffeln nannten sie den Tag, an dem die Russen abziehen. In der Stadt erschien eine Zeitung. In der standen nur Schandtaten der deutschen Wehrmacht und Lobeshymnen über die Sowjets und ihre rührende Sorge um das deutsche Volk. Lügen von vorne bis hinten. Jemand hatte noch ein Radio versteckt. Heimlich schlichen wir abends, trotz der Ausgangssperre, durch die Gärten um eine zuverlässige Information zu bekommen. Ein Schweizer Sender berichtete, daß Schlesien bis zur Neiße den Polen übergeben wird und die Bevölkerung evakuiert werden soll. Das konnte unserer Meinung nach Oberschlesien sein, bis zur Glatzer Neiße. Wir haben das nicht weiter erzählt und für eine Verwechslung gehalten. Am 5. August am Fest Maria Schnee hatten sich trotz der Gefahr eine kleine Schar Wallfahrer auf dem Spitzigen Berg eingefunden. In der Predigt sagte der Priester, selbst wenn wir die Heimat verlassen müssen, wollen wir den Glauben bewahren.

Ins Gemeindebüro kam ein polnischer Bürgermeister mit einem Schreiber. Fünf polnische Milizsoldaten nahmen bei Bauer Pius Quartier und übten Polizeigewalt aus. Hier und da machten sich polnische Frauen und Kinder in den Häusern gemütlich. Am 16. August kam zu uns ein junger Mann und sagte, daß er mit Vater, Mutter und Ge-

137

schwistern da wohnen wollte. Er brauchte das Pferd mit Wagen, um alle vom Bahnhof abzuholen. Auf dem Gemeindebüro fragte ich höflich, ob das wohl richtig ist. Linke war noch anwesend und beide Bürgermeister erklärten, daß in alle Häuser Polen kämen. Da die russischen Soldaten ausgezogen waren, wohnten sie in den Zimmern. Die jungen Milizen durchsuchten Keller und Wohnungen, fanden manchmal noch etwas Brauchbares. Sie holten Pferde und Kutschwagen, um durchs Dorf zu galoppieren. Einmal nahmen sie unsere Rappenstute, die ein junges Fohlen hatte und fuhren nach Habelschwerdt. Auf dem Heimweg am Hof vorbei wollte sie zu dem wiehernden Fohlen. Sie wurde erbarmungslos ausgepeitscht. In Wölfelsgrund sollte ich sie holen. Ich bin zu Fuß die sechs Kilometer gelaufen. Dort stand sie über den ganzen Körper mit Schwielen bedeckt in einer Pfütze Milch mit Ihrem dicken Euter. Nicht nur die Tiere, auch die Menschen wurden verprügelt. Eine Kommission bestehend aus dem polnischen Bürgermeister, einem Lehrer und einem Dolmetscher ging durch die Häuser und erklärte, daß von jetzt an Polen die Verwalter seien und zu bestimmen haben. Deutsche dürften arbeiten und könnten Brot und Kartoffeln essen, aber kein Fleisch, keine Milch und keine Eier. Vor Keller und Speicher mußte ein Schloß, dessen Schlüssel die Polen bekamen.

Weil mein linker Arm immer noch kraftlos war und die Splitter eiterten, wollte ich zum Arzt. Dazu brauchte ich einen Passierschein vom Gemeindebüro, um das Dorf zu verlassen. Dr. Jänisch in Wölfelsgrund holte noch zwei Granatsplitter und einen Knochensplitter raus. Ein besoffener Pole mit Zigarette sah zu. Dr. Jänisch, ein ehemaliger Stabsarzt konnte ihn nicht rausbefördern. Als Honorar wollte er zwei Zentner Kartoffeln. Ich mußte den Polen auf unserem Hof um die eigenen Kartoffeln bitten. Die Mutter des Polen, die das letzte Wort hatte, genehmigte einen Zentner. Im Wartezimmer saßen Mädchen mit verweinten Augen. Bei Vergewaltigungen erlaubte auch die Kirche Gegenmittel innerhalb von drei Tagen.

Auf dem Müllergut war ein Russe Verwalter. Er war geschlechtskrank und wir nannten ihn Bulldogge. Der Amtsvorsteher Mandel, einst der angesehenste Mann in der Gemeinde, mußte den fiesen Kerl und sein Flittchen mit seinem Apfelschimmel zum Arzt fahren. Früher fuhr er mit seinem Auto. Meistens mußte Linke Gespanne besorgen. Er kam oft zu mir und sagte ich wäre noch jung und könnte eher abhauen, als die alten Bauern. Wir wollten Heu einfahren, aber ich mußte nach Lichtenwalde einen russischen Offizier mit seinem reichlichen Gepäck abholen. In Habelschwerdt wurde übernachtet. Am anderen Tag sollte es nach Landeck weitergehen. Deutsche Frauen kochten und machten die Wohnung sauber. Ich durfte mit am Tisch essen. Sie hatten reichlich Brot, Butter und Wurst. Dafür fütterte ich auch ihren Schimmel mit. Am nächsten Morgen fuhren wir drei, der Offizier, eine Frau ebenfalls in Uniform mit Sternen und ich mit den zwei Wagen über Waltersdorf. In Kunzendorf war Mittagspause. Während ich die Pferde fütterte, holten sie aus einem Haus einen Eimer Milch und Brot. Danach wollte er Schuhe verkaufen und ich mußte übersetzen. Eine Bäuerin brachte 15 Eier für ein paar Schuhe. Der Russe nahm die Eier und die Schuhe mit. Dabei hatte sich die gute Frau noch vom Nachbarn welche geborgt. Brüderlich wurde geteilt, je 5 Stück. Nur ich hatte mit zwei rohen Eiern genug. Den Rest schlürften die beiden zusätzlich. Abends waren wir in Bad Landeck. Über die sonst gepflegten Anlagen und Rosenbeete fuhren Gespanne. Hellerleuchtet waren die Hotels und fast aus jedem Zimmerfenster krächste laut ein Radio. Nachdem das umfangreiche Gepäck abgeladen war, wollte ich eine Bescheinigung, um über Nacht nach Hause zu fahren. Er wollte, daß ich dort blieb. Ich zeigte ihm so ein russisches Dokument. Da änderte er mit dem Bleistift das Datum. Dabei konnte ich auf dem Heimweg den Schwager in Altgersdorf mit besuchen. So sehr die sich freuten, in den Hof konnte ich wegen den ruppigen Polen im Haus nicht.

Brutalität und Gewalt waren allgegenwärtig. So betreute die Hebamme Fräulein Werner auch polnische Frauen. Sie durfte deshalb als einzige ihr Fahrrad behalten. Als sie einmal einer russischen Kolonne begegnete, die ihr Rad nehmen wollte, zeigte sie ihr Dokument. Als das zerrissen wurde, wehrte sich die resolute Frau. Sie hatte schon unter Hitler Widerstand geleistet. Darauf bekam sie ein paar Schläge über den Kopf, daß sie besinnungslos und blutend im Straßengraben lag. Sie hat sich wieder erholt. Ihr größter Feind, der einstige Bürgermeister und erster Parteigenosse Brauner wurde abgeholt und hat nach jahrelanger Gefangenschaft überlebt. Nentwig Reinhold, ebenfalls Mitglied der NSDAP kam in das gefürchtete Gefängnis auf der Zimmerstraße in Glatz. Dort sind Anwohner weggezogen, die die wahnsinnigen Schreie bei nächtlichen Verhören nicht ertragen konnten. Erst nach 20 Jahren erhielten die Angehörigen die Todesnachricht vom DRK, demnach er noch drei Tage nach der Gefangennahme gelebt hätte. Mit der MP schoß ein Russe in spielende Kinder. Einige waren leicht verletzt, ein Zehnjähriger starb dabei. Bauer Lankickel wurde erschlagen. Zwei Frauen wurden mutwillig erschossen. Effenberg als Wehrwolf verdächtig abgeholt und verschwand spurlos. Veit Herma, der mit seinem Gasgespann für die Besatzer unterwegs war, wurde beim Brücken bauen totgeprügelt. Der Wachtmeister Göbel, ein korrekter Mann, hatte einmal einen arbeitsscheuen Polen geohrfeigt. Er wurde bei tagelangem Verhör mit dem Ochsenziemer zu Tode geprügelt. Der Schwiegervater von meinem Bruder hatte drei Pferde eingefangen, die auf der Straße liefen und auf seine Weide gesperrt. Das waren Pferde von der Miliz, wie sich herausstellte. Sie nahmen den alten Mann mit, nachdem sie ihn blutig geschlagen hatten. Er konnte über Nacht fliehen, wurde aber zu Hause gesucht. Dann hielt er sich bei uns versteckt. Im Gefängnis in Habelschwerdt waren Kreidestriche an den Zellentüren. Soviel Schläge bekamen die Insassen jeden Morgen. Gefürchtet war der Keller in der Gürtvilla. SS-Leute und Parteigenossen wurden dort untergebracht. Das Wasser stand dort 40 Zentimeter hoch. Hitlerjungen, die entlassen wurden hatten geschwollene Füße. Ihre Stiefel mußten aufgeschnitten werden. Dabei war es in unserem Dorf noch nicht am schlimmsten. In Ebersdorf war ein gemeiner Ortskommandant, der sich Frauen bringen ließ. Eine Frau, deren Mann als SS-Angehöriger vermutet wurde, wurde täglich geholt, täglich mehrere Male vergewaltigt und damit fast zum Wahnsinn getrieben. Ein Bauer war bei der SS. Er wurde in ein Faß gesteckt, durch das

Nägel getrieben wurden und so lange gerollt, bis er tot war. In Lauterbach wurde eine junge hübsche Frau so brutal hergenommen, daß sie verblutete. In Altgersdorf war die Miliz brutal. Ein achtzehnjähriges Mädchen hatte das Motorrad vom Bruder in der Scheune versteckt. Das war verraten worden. Im Prügelzimmer, wo die Waände mit Blut bespritzt waren, wurde sie vor dem eigenen Vater nackend auf den Bock gespannt und bis aufs Fleisch verpügelt. Aber eine mutige Schwester schlich sich zu dem einsamen Gehöft und pflegte das Mädchen wieder gesund. Heute lebt sie in Velbert. Ein ganzes Buch könnte mein Schwager schreiben, einer der Wenigen, der im Straflager Graudens unter Bürgermeistern, Landräten und Offizieren überlebt hat. Wenn er etwas von seiner Behandlung im Westen erzählen würde, sei er dran. Das hatte ihm ein Russe bei der Entlassung eingeschärft. Die Russen hätten einen langen Arm und würden ihn kriegen. Meistens wollten die Gefolterten nicht mehr erinnert werden. Auf dem Urnitzberg in 800 Metern Höhe standen einzelne Häuser mit etwas Landwirtschaft. Die Bewohner hofften im Sommer auf Zusatzeinkommen durch Feriengästen und im Winter durch die Waldarbeit. In die karge Einsamkeit wollte kein Pole. Beim Plündern hatte so ein Holzfäller sein Eigentum verteidigt. Darauf wurde es zum Partisanengebiet erklärt. Bei einem Großangriff, bei dem viel geschossen wurde, wurden die Häuser durchsucht. Die Männer wurden mit Fußtritten und Kinnhaken traktiert. Anschließend mußten sie sämtliches Vieh nach Habelschwerdt abliefern. Sie machten bei uns Rast. Es waren meistens Zugkühe, die sie zum Land bestellen brauchten.

Die Polen sind praktizierende Katholiken. Ein polnischer Pfarrer war eingezogen und hielt den Gottesdienst in polnischer Sprache. Bald war das ehrwürdige Gotteshaus mit Ausländern gefüllt. Äußerlich waren sie von den Deutschen nur noch durch die fehlende weiße Armbinde zu unterscheiden. Die meisten hatten sich aus den Schränken der Häuser neu eingekleidet. Selbst Bräute schämten sich nicht, in gestohlenen Kleidern vor den Altar zu treten. Auch die Miliz in Uniform und sogar „Schielbock", der gefürchtete Schläger und Menschenschinder ging mit erhobenen Händen zur Kommunion. Auf die Frage, wie das mit dem christlichen Gewissen zu vereinbaren wäre, hat einer geantwortet, sie seien zuerst Polen, dann Christen.

Auch unser Stanis wollte im Januar heiraten, sonst käme noch eine zweite Familie auf den Hof. Auf 10 Hektar Land kam eine Familie. Wir hatten 21 Hektar. Wochen vorher holte er Roggen zum Schnaps brennen. Die Familie war aus Ostpolen von den Russen vertrieben worden und Stanis hatte in Deutschland gearbeitet. So verstand er etwas deutsch. Wir haben uns vertragen, was nach außen nicht gezeigt werden durfte. Ich sollte Brautkutscher machen und war auch zum Essen eingeladen. Eines von unseren Rappengespannen hatten die Russen im Sommer geholt und einen alten abgejagten Oldenburger dafür dagelassen. Wir holten Kutschgeschirr mit den Dreiklang-Glokken aus dem Versteck über dem Gewölbe vom Kuhstall. Die Hochzeitsgesellschaft war begeistert. Aber Stanis beeilte sich, sofort nach der Trauung Geschirr und Schlitten zu verstecken, da ein Russe sie haben wollte. Beim Hochzeitsessen wurden Schnittchen rumgereicht und anschließend Schnaps. Dann Kuchen und wieder der Selbstgebrannte.

So ging das weiter. Die Lage wurde immer hoffnungsloser. Wegweiser wurden weggerissen. Die deutschen Ortsnamen und Schilder wurden durch polnische ersetzt. Bauern wurden auf andere Höfe geholt zum Arbeiten. Wir hatten 1945 eine selten gute Klee-Ernte vom zweiten Schnitt. Sieben Zentner konnten wir ausdreschen. Aber den Gewinn hatte Stanis.

Die Vertreibung

Wie lange dieser Zustand bleiben sollte, wußte niemand. Die Polen, die selbst von den Russen vertrieben wurden, waren meistens vernünftig, aber das waren wenige. Die meisten kamen nur, um sich zu bereichern, zum Arbeiten waren die Deutschen da. Die ersten, die von den Höfen gejagt wurden waren Besitzer von über dreihundert Morgen Land. Als Kapitalisten durften sie sich nicht mehr im Dorf sehen lassen und suchten irgendwo bei Verwandten Unterkunft. Bei uns war das Familie Spittel, über dreihundert Jahre war der Hof im Familienbesitz. Dann war da Familie Franke. Bei ihnen war die Tochter im Zuchthaus, weil sie mit einem Franzosen ein Kind hatte, was beim Nationalsozialismus ein Verbrechen war. Darauf nahmen die Sowjets keine Rücksicht. In anderen Dörfern gab es die sogenannten Adolf-Hitlermärsche. Polnische Miliz trieb die Leute ohne Habe auf die Straße und führte sie tagelang ins Ungewisse. Es gab eine schreckliche Angst vor Sibirien, so wie es vielen Ostpreußen erging. Ein Zurückgebliebener schilderte, wie die Miliz freie Hand hatte und die Häuser durchsuchte. Das unversorgte Vieh brüllte in den Ställen. Die ersten Austreibungen waren Anfang 1946. Manche wurden über Nacht aus ihren Betten geholt und hatten zehn Minuten Zeit. Bei Alten und Kranken reichte das gerade zum Anziehen. Dann mußten sie die Nacht auf dem Sammelplatz warten. Unser Pole verriet uns, daß wir am 20. März an der Reihe waren. Dann kam noch ein Vorschlag: Auf einem Staatsgut in Rengersdorf im Kreis Glatz wurden fünf Familien gesucht. Wir meldeten uns mit vier weitere Familien aus der Nachbarschaft. Auch Stanis war einverstanden und wir konnten mehr Gepäck wie 20 Kilogramm mitnehmen. Dem Stanis zeigte ich noch wo die Grenzsteine standen, wo die Drainagen ausliefen und wo die Treibriemen für Dreschmaschine und Schrotmühle versteckt waren. Rindsleder war begehrt für Schuhsohlen. Stanis versprach alles in Ordnung zu halten bis wir wiederkommen. Die Polenmutter weinte, gab uns noch zwei Hühner mit und umarmte meine alte Mutter, die den zweiten Enkel im Kinderwagen schob. Mit den vielen Leidensgenossen zogen wir in eine ungewisse Zukunft. Am schwersten fiel es der Mutter. 1882 war sie hier geboren, ihre Eltern hatten den heruntergewirtschafteten Hof gekauft und waren früh gestorben. Gemeinsam mit dem Vater hatten sie versucht, die Schulden zu tilgen und die Felder zu kultivieren. Die ersten nassen Jahre hatten Mißernten gebracht. 1911 waren die Gebäude bis auf die Grundmauern abgebrannt. Vier Jahre mußte Vater in den Krieg. Wohlgeordnet und gut eingerichtet hatten sie den Hof übergeben.

Noch einmal sah Mutter zurück zum Bild vom heiligen Josef am Tor, zur Kapelle Maria Schnee, wo sie in den schweren Stunden Trost, Hoffnung und Kraft geschöpft hatte. Was nun zurückbleiben mußte, war ihre Existenz, die sie mit Fleiß und Sparsamkeit ehrlich aufgebaut hatte. Das Lebenswerk, das der ganzen Familie Geborgenheit gab. Unsere Heimat.

Wir fünf, meine Schwester Martha, die Schwägerin Wilma mit dem zweijährigen Franz, die Mutter und ich, bekamen eine Arbeiterwohnung auf dem Oberhof in Rengersdorf. Polnische Familien waren anscheinend für diese schlecht bezahlte Arbeit nicht zu haben. Die nahmen lieber eingerichtete Häuser und reiche Höfe. Der junge polnische Graf von Plater sprach deutsch. Inspektor, Schaffner und alle Arbeitskräfte waren Deutsche. Wir hatten geregelte Arbeitszeit, im Sommer zehn Stunden am Tag. Wir bekamen dafür Getreide, Kartoffeln und täglich einen Liter Milch für das Kind. Für einen Wochenlohn in Sloti konnte man bei den Bauern ein Pfund Butter kaufen. Wir wurden bei Tage nicht mehr belästigt und hatten Ruhe vor Hausdurchsuchungen. Bei jeder Wohnung war ein Schuppen, wo wir wieder über die zwei eigenen Hühner verfügen konnten. Auf dem 1000 Morgen großen Land wurde Roggen, Weizen, Klee und Zuckerrüben angebaut. Ein schwerer Land-Bulldog war vorhanden. Aber die sieben Gespanne hatten Schwerstarbeit zu verrichten. Die dreijährigen Hengste wurden nicht kastriert, wurden bei der schweren Arbeit aber auch nicht übermütig.

Plater unternahm viel Kutschfahrten, wie es sich für einen Adeligen gehört. Nach der schweren Feldarbeit wurden die armen Gäule über die Straßen gejagt. Als Kutscher vom Grafen kam ich gelegentlich in das vertraute Glatz. Öfter mußte er zu Tagungen in die Grüne Straße. Das große Gebäude war früher eine Freimaurerloge. 1933 wurde es enteignet. Dann waren Forstamt, Wirtschaftsberatungsstelle und Schule darin untergebracht. Im Winter 37/38 hatte ich dort das erste Semester der Landwirtschaftsschule besucht. Nicht weit davon in dem schmucken Häuschen in der Hindenburgstraße, wo unsere netten Bekannten Ferdinand gewohnt hatten, sah es wüst aus. Die Gartenzäune waren umgefahren und die schönen, gepflegten Gärten waren zertrampelt. An einem Sonntag abend war der Chef mit seiner Freundin zum Tanzen. Ich hatte die Pferde eingedeckt, saß in eine Decke gehüllt auf dem Kutschbock neben dem Rathaus und beobachtete das Nachtleben. Ein Russe machte mir klar, daß ich sofort seinen Kameraden in die Kaserne fahren mußte. Ich wollte erst dem Chef Bescheid sagen aber er drohte mir mit einer Pistole. Er hob einen besoffenen Offizier aus dem Rinnstein und setzte ihn hinten rein. Also ging es den Brücktorberg hinab, was früher Fußgängerzone war, in der nie ein Fahrzeug fuhr. Im flotten Trab erreichten wir die neue Puhukaserne, wo ich 1940 ein halbes Jahr Rekrutenzeit verlebt hatte. Kurz vor der Wache wurde er nüchtern, gab mir eine Hand voll Sloti und verschwand im Tor. Gern fuhr ich auf den Roterhof. Das war früher im Besitz von Hauptmann Friedrich ein Mustergut gewesen. Bis auf den polnischen Verwalter war das Personal noch deutsch. Die Köchin kochte vorzüglich und hatte für den Kutscher immer etwas übrig. Dort feierte einmal Plater mit seiner Schwester und Freundin. Die Pferde standen im Stall und ich schlief auf dem Stroh. Alle drei waren beschwipst und spät nach Mitternacht ging es heimwärts. Auf der Straße stießen wir mit einem links fahrenden Motorrad zusammen, dessen Fahrer nur eine Taschenlampe hatte. Es war Miliz, die mit Pistolen nach uns schoß. Ich ließ die Füchse laufen und wir kippten in der Kurve in den Graben. Unter dem umgekippten Wagen zog ich die drei Bierleichen heraus und es war Gott sei Dank nichts weiter passiert. Plater erzählte später, er hätte etwas Strafe bezahlt und eine zerbrochene Schnapsflasche ersetzt. Er hatte auch noch ein schönes Reitpferd zur Verfügung, was nicht eingespannt werden durfte. Im Herbst wurde er verhaftet, er hatte angeblich Schiebung gemacht. Er versprach den Frauen Zucker, fürs Rüben hacken und verziehen auf einem 50 Morgen großen Feld. Für die zusätzliche Arbeit nach Feierabend gab er anschließend nur die Hälfte vom Versprochenen. Das Rübenverladen im nassen Herbst bei den zerwühlten Wegen war eine schwere Arbeit. Der neue polnische Verwalter hieß Makewitsch. Er kam aus dem Arbeitslager aus Sibirien und war ein besonnener Mann. Der Winter 1946 setzte zeitig ein und wurde sehr streng. Weil bei der polnischen Verwaltung im Herbst die Dächer nicht repariert wurden, mußten die Garben in den drei Feldscheunen mit der Spitzhakke aufgehackt werden. Wenn so beim Sonnenaufgang das Thermometer manchmal unter minus 30 bis 35 Grad sank, erlaubte Makewitsch den Frauen eine Viertelstunde Pause zum Aufwärmen in der Wohnung. In den Mieten waren die Kartoffeln erfroren. Die fuhren wir 19 Kilometer weit nach Wallisfurt in die Brennerei. Sie klapperten beim Aufladen wie die Nüsse. Es wurde daraus 95 prozentiger Alkohol gebrannt. Sie gaben uns was davon ab, das nur verdünnt getrunken werden konnte. Das wärmte innerlich und Heidewizka ging die Schlittenfahrt heimwärts. Stibitzen und Organisieren war bei den Polen üblich. Und wir Männer hatten Erfahrung als Landser, die ausgenutzt wurde... ...aber da würde ich mehrere Seiten aufschreiben müssen.

Der neue polnische Pfarrer war ein Freund vom kommunistischen Bürgermeister. Er ließ seinen Vorgänger, Pfarrer Taube mit Peitschen und Pistolen aus dem Pfarrhaus treiben. Kinder, die ein Krippenspiel eingeübt hatten, lies er in das berüchtigte Gefängnis in die Zimmerstraße einweisen. Grabdenkmäler ließ er mit der Spitzhacke bearbeiten, weil deutsche Schrift darauf war. Das Gegenteil dazu war ein polnischer Franziskanerpater im Krankenhaus. Er hatte im KZ viel gelitten. Durch seine Kehlkopftuberkulose konnte nur noch flüstern. Vom Tod gezeichnet setzte er sich für unschuldig Verfolgte ein, gewährte Unterkunft und hielt die Messe für Deutsche. Allerdings wurden auch dort bald die deutschen Lieder verboten.

Anfang Januar 1947 wurden wir in ein Lager nach Glatz gebracht. Es war früher das Finanzamt und wurde später als Kaserne genutzt. In ein Zimmer kamen 35 Leute mit ihrem Gepäck. Die Vorgänger hatten dort Weihnachten gefeiert und der Christbaum hing aus Platzmangel noch oben an der Decke. Wir hatten Glück, denn dieser Raum war einer der wenigen mit einem Ofen. Brennmaterial zu besorgen war sehr schwierig. Jeden Mittag gab es eine dünne Suppe aus Wasser und Maismehl. Wir hatten noch etwas Mehl und Sirup zum Zusetzen. Schlimm war es für Kranke und Mütter mit Säuglingen. Da sie selbst unterernährt waren, konnten sie nicht stillen. Milch gab es nicht. Wohl etwas Milchpulver, das angerührt eine bläuliche Brühe ergab. Die Kinder hatten Durchfall. Zum Windeln waschen und trocknen gab es keine Gelegenheit.

Auf dem Donnerbalken war eine dicke Eisschicht. Einmal bei eisigem Ostwind saß neben mir ein Mann und stöhnte. Er hatte einen großen Bruch. Ich wollte ihm helfen und fragte, warum er kein Band trägt. Da sagte er, daß er früher 85 Kilo wog. Heute nur noch 61 Kilo, da würde es nicht mehr passen. Weil bei der sibirischen Kälte zuviel Menschen in den ungeheizten Waggons erfroren, hatten die Amerikaner angeblich die Transporte vorübergehend verboten.

Nach 14 Tagen kamen wir wieder nach Rengersdorf. In unserer Wohnung waren Polen und wir mußten uns mit Familie Rother drei

Zimmer teilen. Im April war es dann endgültig soweit und wir waren froh darübe, weil wohl die Deutschen als zuverlässige Arbeitskräfte beliebt waren, aber sonst keine Rechte hatten. Wieder hieß es Verpakken und dabei Ideen haben. Denn vor dem Verladen wurde im Lager gefilzt und kontrolliert. Schmuck, Wertgegenstände, Elektrogeräte, Nähmaschinenköpfe, Sparkassenbücher, Ausweise und Wertpapiere mitnehmen war verboten. In der Kaffeemühle hatte ein Sparbuch ohne Umschlag Platz. Die hölzerne Nudelkuhle wurde ausgehöhlt und nahm das Soldbuch auf. Im Zwischenleder der selbstgebauten großen Holzschuhe war ein Versteck. Zloty waren zusammengerollt in der Krempe von einem Blecheimer. Damit konnten wir auf dem drei Kilometer langen Weg zum Güterbahnhof noch etwas Lebensmittel kaufen. Bei der Kontrolle wurden einzelne Säcke auf dem Tisch ausgeschüttet und der Körper abgetastet. Ein paar Kleidungsstücke gefielen den Milizen. Meine Lederhandschuhe und das Wertvollste, 30 Pfund Mehl flogen in den Kleiderberg hinter den Kontrolltischen. In unserem Viehwaggon waren wir 36 Personen. Keine Waschgelegenheit und Toiletten waren nicht vorhanden. Bei jedem Halt wurde auf dem Bahndamm das Geschäft verrichtet. Die letzte polnische Schikane war das Entlausen an der Grenze. Mit Preßluft wurde jedem Chlorkalk unter die Kleidung und auf die Haare geblasen.

Bei dieser Fahrt in Ungewisse kannte niemand das Ziel und jeder hoffte, daß es in die westlichen Besatzungszonen ginge. Aber in einem Barackenlager in Kirchmöser in Brandenburg wurde ausgeladen und es gab dort drei Wochen Quarantäne. Jeden Mittag gab es ein Liter dünne Kohlrübensuppe. Erfahrungsgemäß muß man dann viel liegen, um wenig Kalorien zu verbrauchen. Auf einem LKW mit Holzvergaser wurden wir nach Grüz befördert. Das war ein abgelegenes Dörfchen an der Havel mit etwa dreihundert Einwohnern. Dazu kamen noch an die einhundert Flüchtlinge und Ausgebombte aus dem nahen Berlin, Magdeburg und Rathenow. Wir saßen im Gasthaus mit den Säcken und die Bauern suchten sich Familien aus, möglichst mit einer männlichen Arbeitskraft. Die Unterbringung der Vertriebenen ging in der Ostzone reibungsloser wie im reichen Westen. Die Bauern

148

hatten hohe Sollabgaben zu leisten. Auf den mageren Sandböden wurde ohne Kunstdünger eben nur fünf Zentner Roggen geerntet und so hoch war auch das Soll. Milch mußte geliefert werden, Stroh und Heu, Kartoffeln, Rindfleisch und Fische. Alles ging mit der Eisenbahn in Richtung Osten. Not macht erfinderisch. Es wurden eigene Gärten angelegt. In Ermangelung von Saatkartoffeln wurden die Ausgefallenen an den Kartoffelmieten sorgfältig umgepflanzt. Ausgefallener Roggen wurde verpflanzt. In einem acht Kilometer entfernten Wald lag noch Wehrmachtsausrüstung. Die Frauen gingen Sonntags hin. Aus einem Stahlhelm machte der Dorfschmied einen Kochtopf. Ein Klavierbauer aus Danzig machte Holzpantoffeln und ein Schuster aus dem Sudetenland hatte in einer Dachkammer eine Werkstatt. Nur Material mußten die Kunden mitbringen, das konnten Autoreifen sein.

Nach dem Kriegsende gab es Lebensmittel auf Marken, aber das war zum Leben zu wenig und zum Sterben zuviel. Für junge Menschen, kinderreiche Familien, Vertriebene und Ausgebombte aus den Städten war es besonders schlimm. Molke, was sonst Abfall aus der Molkerei ist, war ein Nahrungsmittel. Brennesseln und anderes Unkraut wurde gekocht und gegessen. Pfiffige Jungen nahmen die Nester von Krähen und Staren aus und kochten sich nach Feierabend eine Suppe davon.

Noch größer war die Not in Berlin und den ausgebombten Städten. Wer noch etwas gerettet hatte, trieb Tauschhandel. Der Schwarzmarkt blühte. Uhren Radios, Schmuck und Textilien wurden angeboten für ein Brot, ein paar Kartoffeln oder ein Stückchen Fett. Dazu kam noch die Blockade der Russen. Tag und Nacht flogen die amerikanischen Bomber in Abständen von wenigen Minuten über die Dörfer. Aber der Motorenlärm störte nicht, weil sie keine Bomben sondern Versorgungsgüter brachten. Weil den Deutschen jeder Waffenbesitz verboten war, konnten sich die Wildschweine vermehren und die Kartoffelfelder aufwühlten. Ein Bauer hatte zwei Doggen als Jagdhunde abgerichtet. Als Hundefutter bekamen sie die Nachgeburt von Kühen aus der Nachbarschaft.

Abgesehen vom Mundraub gab es genug Kriminelle. So hatte ein junger, mutiger Polizist über Nacht zwei Männer beim Ähren stehlen auf dem Feld erwischt. Mit einem Strohschneider hatten sie Garben zerschnitten und mit dem Holzvergaser-LKW abtransportiert. Die Ertappten hatten dem Polizisten den Schädel eingeschlagen und die Kehle durchgeschnitten. Sie wurden gefaßt und den Russen übergeben. Niemand hat danach über ihr Schicksal erfahren. Auch russische Soldaten machten in den entlegenen Dörfern Überfälle, holten Gänse, Enten, Hühner und andere Sachen, derer sie habhaft wurden. Dies wurde jedoch von offizieller Seite her geleugnet. Vorsichtshalber machten wir in Grüz freiwillig Nachtwache. Erkannte Plünderer wurden von den Russen bestraft. So kam dies nur noch ganz selten vor. Drei Häuser weiter wohnte die Bauernfamilie Stier aus dem Sudetenland. Er war nach dem Zusammenbruch mit anderen Männern von den Tschechen in die Skodawerke getrieben worden. Zu den Schikanen gehörte es, daß sie über Nacht auf Straßenschotter liegen mußten und bei Regenwetter kniend mit verschränkten Armen hinter dem Kopf unter der Dachtraufe eines Scheunendachs aushalten mußten. Sein grausamstes Erlebnis war das Verbrennen von SS-Angehörigen bei lebendigem Leib. Sie mußten als Zuschauer im Kreis knien. Mitten drin wurden die armen Opfer mit Benzin übergossen und angezündet. Die wahnsinnigen Schrei waren ihm unvergeßlich. Die „Umsiedler , wie die Vertriebenen in der sowjetischen Zone genannt wurden, sollten wieder einen Paß bekommen. Das Mitnehmen von Papieren hatten die Polen verboten. Manchen war es auch gar nicht möglich, wenn sie von der Arbeit weggeholt oder über Nacht aus den Betten getrieben wurden. Ein erfahrener Kriminalist prüfte im Kreuzverhör die persönlichen Angaben. Besonders interessierte er sich für ehemalige Mitgliedschaften in einer NS-Organisation. Da wir den Kaufvertrag, Sparkassenbücher ohne Umschlag und ich mein Soldbuch gerettet hatten, ging alles reibungslos.

Mit der Währungsreform wurden pro Person vierzig Reichsmark in DM umgetauscht. Viele hatten nicht soviel und bekamen die restlichen Reichsmark geschenkt. Wer mehr besaß mußte den rechtmäßigen Erwerb nachweisen. Bauern, die mit Schiebergeschäften Geld gehamstert hatten oder Brennholz zu Wucherpreisen verkauft hatten, besaßen Zigarrenkisten voll Scheine, die nun wertlos waren.

Grüz war eine alte Wendensiedlung. Eng aneinander gebaut standen die Bauernhöfe hufeisenförmig um die evangelische Kirche herum. Die war durch Fliegerbeschuß unbrauchbar geworden. Deshalb fanden die Gottesdienste in dem einzigen Klassenzimmer der Schule statt. In den Fenstern waren noch die Pappdeckel. Die Frau des Lehrers trocknete die Wäsche darin und über Nacht standen dort die Karnikkelkästen des Lehrers. Aber es war der würdigste Raum. Ein junger tüchtiger Kaplan namens Minich kam alle 14 Tage auf einem klapperigen Fahrrad und besuchte im Umkreis von 30 Kilometer die Dörfer, um eine Messe zu feiern und Religionsunterricht zu halten. Um die Lenkstange hatte er Reserveschläuche gewickelt. Das ging schneller wie das Flicken mit dem selbstgemachten Kleber. Seine Verspätungen waren dadurch auch nicht jedesmal eine Stunde. Der Gesang war miserabel. Hatten wir 30 Gottesdienstbesucher ein bekanntes Lied wie - Dem Herzen Jesu singe -, dann hatten die Danziger eine andere Melodie wie die Berliner, die Ostpreußen andere als die Sudetendeutschen. Schlesier und Pommern fanden ihre am besten. Unter den Berlinern war ein ehemaliger Chorleiter und ein Danziger war Berufsmusiker und hatte seine Trompete mitgebracht. So entstand ein Kirchenchor. Die Gemeindesekretärin besorgte einseitig bedrucktes Papier. Jemand hatte ein Stück Bleistift, so wurden Text und Noten geschrieben. Ein Jahr später zu Pfingsten sangen wir die Schubertmesse mehrstimmig in einem feierlichen Hochamt. Alle Gemeindemitglieder waren anwesend und voller Begeisterung. Die Zusammenarbeit mit den evangelischen Christen war gut. Einmal wurden die Gefallenen der letzten Kriegstage, die nur an Wegrändern verscharrt waren auf den Dorffriedhof umgebettet. Bei der ökumenischen Trauerfeier hielt unser kleiner Kaplan eine ergreifende Predigt.

Trotz Not und Ausbeutung waren die Menschen zuversichtlich. Der schreckliche Krieg war zu Ende. Einmal würden auch die Russen wieder abziehen und alle Flüchtlinge kämen wieder nach Hause. Die Jugend hatte einen Nachholbedarf an Vergnügungen. Eine Stimmungskapelle spielte manchmal im Dorfgasthaus. Theater und Varietés aus Berlin kamen auf die Dörfer. Es wurde weniger wegen der paar Leute gespielt, als vielmehr weil es bei den Bauern etwas zu essen gab. Wir lernten mit Kähnen Fischernetzen und Aalkörben umzugehen. Im Sommer waren die Fliegen eine Plage. Aber davon lebten die Frösche und die wurden von den Störchen gefangen, die ihre Nester auf den schilfgedeckten Scheunendächern hatten. Leider gab es wenig Verdienstmöglichkeiten in dem abgelegenen Heidedörfchen. So zogen wir nach knapp zwei Jahren nach Leipzig.

In Lützschena, einem Vorort von Leipzig, hatte mein Schwager eine Neubauernstelle von 40 Morgen übernommen. 1945 waren alle großen Güter aufgeteilt worden. Bevorzugt wurden hier, wie auch in der Verwaltung, fortschrittlich und sozialistisch gesonnene Leute. Fachkenntnisse waren zweitrangig. Deshalb waren einige Stellen heruntergewirtschaftet, verkommen und günstig zu haben. Es war für ihn und seine Familie ein sehr schwerer Anfang. Obwohl nur ein altes Pferd und eine Gans vorhanden waren, mußte er Soll in Form von Milch, Eiern, Fleisch und Getreide abliefern. Ich übernahm eine Arbeitsstelle in einer Gärtnerei und Gemüsesammelstelle. Mit dem Pferd kam ich öfter in die Stadt, wo es in Tauschläden Haushaltsgegenstände gab. Wir hatten zwar eine primitiv eingerichtete Wohnung, dafür war es aber unsere eigene. Ein Jahr später war der Viehbestand um fünf Hühner, eine Ziege und Kaninchen gewachsen. Der Exerzierplatz wurde in Gartenparzellen zu 500 Quadratmeter an die Bevölkerung aufgeteilt. In der Freizeit, meistens sonntags, kamen die Leute aus der Stadt mit Handwagen, schütteten die Gräben und Bunker zu und machten Gartenland daraus. Auf der Straße sammelten sie den Pferdemist. Wir hatten 1000 Quadratmeter Land. Das erbrachte Futter, Gemüse und Kartoffeln im zweiten Jahr.

Manch einer setzte sich für die Parteien ein und hoffte auf Demokratie. Aber es gab genau wie zu Adolf Hitlers Zeiten keine Pressefreiheit. Die SED-Zeitung schrieb von den Lebensmittellieferungen der Sowjetunion an die deutsche Bevölkerung und die CDU und LPD Zeitungen mußten die Artikel übernehmen. Dabei sahen wir täglich nur volle Züge, die in Richtung Osten fuhren. Bald nur auf einem Gleis, weil das Zweite demontiert wurde. Ein mutiger evangelischer Pastor nannte in einer Versammlung die Zahlen an Getreidezügen, Glas, Zement und Maschinen, die in Richtung Rußland fuhren. Er bekam Redeverbot. Trotz der Hungersnot brannte ab und zu über Nacht auf den Dörfern ein Getreideschober. Die Verzweiflungstaten wurden verübt, weil sich die Leute sagten, wenn sie schon nichts zu essen kriegen sollten, soll es der Russe auch nicht bekommen. Wieder wurden die Männer in der Gemeinde zur Bewachung eingeteilt.

Die Deutschen waren zwar als zuverlässige Arbeitskräfte beliebt, hatten aber sonst keine Rechte.

Mit Gewalt wurden die marxistischen Ideen eingeführt. Fabriken und kleine Betriebe wurden enteignet und ins Volkseigentum überführt. Große Spruchbänder über Straßen, an Fabriktoren und auf öffentlichen Plätzen verkündeten schreiende Parolen vom Aufbau, Frieden und wandten sich gegen den Kapitalismus. Die Menschen wurden nach sowjetischem Vorbild umgeschult. Manche machten mit, nicht aus Überzeugung, sondern weil sie sich davon bessere Lebensbedingungen und berufliche Aufstiegsmöglichkeiten versprachen. Ich besuchte landwirtschaftliche Abendkurse. Gelehrt wurde nach den großen sowjetischen Forschern Mitschurin und Lysenko. Die behaupteten, Umwelteinflüsse sind vererbbar. Die Erbgesetze nach Mendel seien überholt. Wir züchteten neue Pflanzen und Tiere. Angeblich wurden in Rußland erfolgreiche Kreuzungen durchgeführt von Weizen auf Quecke mit Leguminosen, von Wicken mit Akazien und Tomaten mit Kartoffeln.

Aufgebaut wurde tatsächlich mit sehr viel Mühe und Arbeit. Sämtlicher Wohnraum war erfaßt und vom Wohnungsamt vergeben. Ebenso wurden alle Trümmergrundstücke verstaatlicht und als Baumaterial an Bauwillige verteilt. Wer sich auf Handel, Schiebung und Bestechung verstand kam am besten voran. Einmal wußte unser Chef von neuer Dachpappe. Ich mußte sofort mit dem Pferd in die Stadt. Es war Ausschuß, von den Russen nicht angenommen, versehen mit kopfgroßen Löchern. Sogar Bekleidung war in einem Schaufenster ausgestellt. Die gab es auf Bezugsschein von der Gewerkschaft. Also gingen der Gärtner und ich zur nächsten Versammlung vom Freien Deutschen Gewerkschaftsbund im Gasthaus. Wir wurden gleich in den Vorstand aufgenommen, er als Schriftführer, ich als Kassierer. Damit saßen wir an der Quelle der Bezugsscheine. Das war auch notwendig, denn nach fünf Jahren waren die Arbeitshosen trotz der kunstvollen Flecke verschlissen. Für den ersten Bezugsschein gab es ein paar brauchbare Schuhe. Für den zweiten einen knappen Drillichanzug, der nach der ersten Wäsche sehr einlief. Die Fachzeitung für Landwirtschaft nannte sich Der Freie Bauer. Bei einer Karnevalsveranstaltung war einmal ein Bauer gefesselt aufgetreten und wurde von einem Genossen mit der Peitsche geführt. Daraufhin wurden Maskenbälle verboten. Tatsächlich wurden private Bauern und Betriebe mit höheren Abgaben belegt, wie die Verstaatlichten.

Zu der wirtschaftlichen Ausbeutung und Enteignung von Privatbesitz kam noch die geistige „Vergewaltigung". Die Hetze gegen den westlichen Kapitalismus und das Ausbeutertum. Die Lobeshymnen auf die friedliebende Sowjetunion, das Verbot von Religion in den Schulen, die Verhöhnung von christlicher Lebensauffassung und keine Pressefreiheit waren Zeichen von einer Diktatur, die noch größer war als diejenige vor dem Krieg. Eine Mutter fragte den Pfarrer ob wir es noch verantworten können, Kinder in die Welt zu setzen, die gegen unseren Willen zu Atheisten erzogen werden. Da entwarfen wir einen Fluchtplan. Wir kannten einen Bauern, einen sogenannten Neusiedler im Harz an der Zonengrenze, der für 40 DM den Leuten zur Flucht verhalf. In einem persönlich gehaltenen Brief bekam ich Mitte Dezember 1950 die Einladung zum Schweineschlachten. Mit diesem Brief konnte ich die Doppelposten der Grenzpolizei passieren. Sie bekamen übrigens auch etwas ab von dem Schwein. Als der Fleischer so gegen zwei Uhr nachts gegangen war und die Luft rein war, führte mich der Bauer 300 Meter über die verschneite Wiese an einen zwei Meter breiten Graben und mit einem Satz war ich im freien Westen.

Nachwort
von Friedrich Kuschel

Diese Tatsachen schrieb ich auf, um der politisch motivierten, einseitigen Berichterstattung der Medien meine wahren Erlebnisse entgegenzusetzen. Die Sieger wurden damals mit Orden geschmückt, auf Denkmäler gesetzt und die Massen jubelten ihnen zu. Die Verlierer mußten mit Schmach und Schande bezahlen, wie eh und je in der Geschichte.

Krieg, die größte Sünde auf Erden, entsteht aus Haß, Habgier, Neid, Eroberungssucht, Stolz und Egoismus. Aber auch durch Unterdrückung von Minderheiten, die durch Gegenwehr versuchen, sich dem Joch der Unterdrückung zu entziehen kann er entstehen. Unterstützt durch die verlogene Kriegspropaganda wurde von den Menschen und Tieren Unmögliches gefordert, bei Kämpfen, Gewaltmärschen in Hitze und Schneestürmen. Unvorstellbar sind die Taten zu denen Menschen im Krieg fähig sind und die Leiden, die die Opfer des Krieges zu erdulden haben. All die schlaflosen Nächte gepeinigt von Angst, Hunger, Durst und Ungeziefer. Noch herzzerreißender als das Stöhnen der Verwundeten klangen die nächtlichen Hilferufe der geschändeten Frauen 1945.

Tun wir deshalb alles, um den Frieden zu erhalten. Schützen und erhalten wir die Demokratie und die freie Presse. Orientieren wir uns am christlichen Gedankengut. Kontakte zu Menschen über die Grenzen hinweg können Mißtrauen abbauen, Freundschaften fördern und sind Wege zu Verständigung und Frieden.

Nachwort
der Hinterbliebenen

Viele Hände haben zu dem Gelingen der Veröffentlichung beigetragen. Ich der älteste Sohn Bruno, bin froh darüber dabei zu sein.

Dieses Buch gibt Vaters Kriegsbericht inhaltlich so wieder, wie er es aufgeschrieben hat.

Ich teile seine Ansicht jedoch nicht in jedem Punkt.

Mich haben Vaters Erinnerungen tief bewegt, bin erschrocken, was er alles durchmachte. Der Krieg bedrohte nicht nur sein körperliches Leben, hinterließ auch in der Seele Wunden. Ich bin überzeugt, daß Vaters starker Glaube an einen christlichen Gott oft geholfen hat, wo der Verstand an den Menschen zerbricht.

Dennoch schmunzele ich gerne über den Witz, den er sich erhielt. Das Leben hat ihm eine schwere Geschichte geschrieben, schön daß er seine Erinnerungen, mosaikartig zu dem Bericht zusammengefaßt, und weitergegeben hat. Vielen war es nicht möglich.

Bruno Kuschel

Ich habe noch gut in Erinnerung, wie unser Vater von dem Wahnsinn zum Ende des Krieges erzählte: Wie von beiden Seiten die Soldaten an die Frontlinien geschickt wurden und keine Überlebenschancen hatten. Andererseits gab es zur gleichen Zeit Verbandsplätze wo russische und deutsche Ärzte und Helfer gemeinsam Verwundete behandelten. Das hat mich tief beeindruckt und machte mich nachdenklich.

Ich konnte mir auch nicht vorstellen, daß es in der Ukraine 100 Meter breite Straßen gab und Flüsse, die mehrere Kilometer breit waren.

Für den unfeiwilligen Rußlandfeldzug, den unser Vater als Zwanzigjähriger antrat, hat er vier Jahre seines Lebens geopfert und seine Kraft und sein Wissen für's deutsche Vaterland zu Verfügung gestellt. Ein Augenlicht hat er verloren und in seinem Körper stecken noch einige Splitter.

Unser Vater hat die Erlebnisse der Kriegs- und Vertreibungszeiten verstärkt durch seinen christlichen Glauben verarbeitet.

Ich schätzte seinen Fleiß, seinen Gerechtigkeitssinn und seine praktizierte Gläubigkeit. Sein tieferes Gefühlsleben konnte ich manchmal nur erahnen, denn er hielt es sehr verdeckt.

Georg Kuschel

Lieber Leser dieses Buches,

du erlebst die letzten Tage des Pferdezeitalters. Es werden Dir wahrheitsgemäß die verschiedensten Pferderassen sowie Menschenarten lebhaft in Extrembedingungen des Krieges beschrieben (Stalingrad und zurück 1941-1945).

Wenn du dieses Buch gelesen hast, wirst Du zufriedener und glücklicher mit Deiner heutigen Situation sein.

Viele Menschen, die Grausamkeiten dieses Krieges erlebt haben, können nicht darüber sprechen, jedoch begrüßen sie es, wenn die Nachwelt darüber liest.

Helmut Kuschel

Friedrich Kuschel, unser Vater, starb am 16. Juni 1987 in Stadtlohn/ Westfalen im Krankenhaus an Gehirntumor. Ich Ernst-Andreas, geboren 1965, habe diese Kriegserinnerungen an seinem Krankenbett gelesen und darauf die Möglichkeit der Kriegsdienstverweigerung wahrgenommen.

Ernst-Andreas Kuschel

Bildlegende

Glossar

Druse:	Pferdekrankheit
Haspe:	Tür- oder Fensterhaken
Kartäsche:	grobe Bürste zum Striegeln
Koller:	Pferdekrankheit
Krippensetzen:	Pferdekrankheit
Kumet:	gepolsterter Bügel um den Hals des Pferdes
Mauke:	Hufkrankheit
Menatante:	Verwandtschaft
Nissen:	Läuseeier
Pan:	Hausherr
Protzen:	Vorderwagen vor dem Geschütz
Ratta:	Russisches Kampfflugzeug
Schnippe:	Kopfzeichnung
Sklep:	Kaufmann
Stern:	Kopfzeichnung
Strahlfäule:	Hufkrankheit
Wehrwöfe:	hitlertreue Freischärler am Ende des 2. Weltkrieges
Woilach:	wollene Pferdedecke

Inhaltsverzeichnis